信濃宮　宗良親王の霊

大槻武治

ほおずき書籍

信濃宮 宗良親王の霊◉目 次

第一章　明治維新前後

1　この世とあの世

幕府の大老井伊《いい》直弼《なおすけ》が、水戸と薩摩の浪士に殺されたという噂は、中山道を西に向かって走った。街道筋の人々は、それを聞いて半信半疑であった。将軍徳川《とくがわ》家定《いえさだ》の信頼を得て権勢を誇っている井伊大老が、浪士などに殺されるはずはないと思ったのである。

だが、桜前線が中山道を北上する頃になって、幕府から井伊大老横死の発表があった。それを聞いて街道筋の人々は衝撃を受けた。

「これから世の中がどうなっていくか。いよいよ殺伐とした世の中になっていくのではないか」

という不安を一様に抱いたのである。

日本の近海に黒船が現れるようになって以降、世の中が急激に変化しつつあるという感触が一般にあった。そこから来る人々の動揺が、井伊大老の横死によって拍車がかかったのであった。

馬《ま》渕《ぶち》惣一《そういち》はその情報を美濃中津川の自宅で聞いた。国学者平田《ひらた》篤胤《あつたね》の拓いた平田学派の門人であった惣一は、一方では世の中の変化に期待をかけながら、世の中の混迷に拍車がかかるのではないかという不安を抱いた。

馬渕惣一は中津川で井筒屋という紙問屋を開いていた。家の商売に従事しながら、常に頭の片隅にあったのは、平田学派の仲間がこの事件をどう受け止めているかということであった。

だから、伊那の座《ざ》光寺《こうじ》村《むら》庄屋の原田稲造から誘いの手紙があった時には、

「そちらへ出向いて、自分にできることは何なりと協力したい」
と返事を出した。原田稲造の相談というのは、平田篤胤の書いた「古史伝」の上木（刊行）についてであった。

馬渕惣一が紙問屋の仕事を番頭の伊助に委ねて、丁稚《でっち》の圭太を伴って中津川を発った時には、自宅の前庭の牡丹《ぼたん》が花を開いていた。牡丹の花が咲く頃には、木曽路の雪が解けていることは、惣一はこれまでの経験で知っていた。

この春に十二歳になった圭太は、中津川の紙漉き職人の子であった。井筒屋で丁稚働きをしていたが、夜には惣一に学問の手ほどきを受けていた。子どものない惣一は、いずれ圭太を養子にするつもりであった。

その日の馬渕惣一は、中山道の馬籠宿《まごめじゅく》に泊まる予定で、午後になって中津川の自宅を出立した。圭太は半紙の入っている風呂敷包みを背中に括りつけていた。幕府の平田学派に対する締めつけを聞いていたので、商売の旅を装ったのである。

中津川の町は緩《ゆる》い起伏のある盆地に開けていた。東方には山肌に雪の消えた恵那山《えなさん》が聳えていた。惣一が向かった北方には木曾山脈が立ちはだかって、その前山の一角に馬籠宿があった。

落合川の橋を渡った頃から、九十九折《つづらおり》の坂道になった。十曲峠を経て信州の南の入口の新茶屋。そこを上り詰めたところに馬籠の宿場があった。

馬籠宿は石畳の狭い坂道を挟んで、軒の突き出た家並が続いている。その中ほどに、惣一が目指している馬籠本陣があった。そこは平田門人の三浦勘蔵《みうらかんぞう》の住まいでもあった。その三浦勘蔵に会うのが、惣一の今回の旅の最初の目的であった。

宿場の中は人の姿がまばらで閑散としていた。本陣の手前二軒目に旅籠《はたご》の巴屋《ともえや》があった。馬渕惣一が巴屋の玄関に顔を差し入れると、帳場に座っていた女将《おかみ》が、

「あら井筒屋さん。連絡をいただいたのでお待ちしていました」

と甲高い声を上げた。惣一は圭太を前に押し出して言った。

「この子を頼む。私はこれから本陣へ顔を出さなければならない。圭太、本陣へのお土産を……」

圭太は風呂敷包みから半紙を一帖取り出した。惣一はそれを受け取って言った。

「風呂敷の中に平田篤胤先生の『霊《みたま》の真柱《まはしら》』という本が入れてある。圭太は私が帰るまでそれを読んでいなさい」

圭太は風呂敷から出した「霊の真柱」を、両手で捧げるように持って、

「行っていらっしゃい」

と嬉しそうに言った。女将の高い声がそれに重なった。

惣一が旅籠の玄関を出て、本陣の方へ目を遣ると、門の前に三浦勘蔵が立って客を見送っていた。客は野良着の百姓で、坂の上に向かって歩き出してから立ち止まって、後ろを振り返って勘蔵に丁重に頭を下げた。

「勘蔵さん」

惣一が声をかけると、鼻筋の通った端正な顔が惣一に向けられた。

「これはこれは、惣一さん。お待ちしていました。どうぞ中へ……」

門の脇にある牡丹は花が開く寸前で、蕾が薄赤くなり始めていた。惣一はその前に立ち止まって言った。

「この牡丹はあと五日もあれば開きますね」

「中津川の牡丹は、今頃は開いているのだろう?」

「ぼつぼつ開花を始めています」

「それだけ木曾の春は遅いということだ」

勘蔵は本陣の建物を回りこんで、裏口から家の中に入った。惣一はそのあとについて座敷へ案内された。

「たった今、ここで峠部落の組頭に苦情を聞いていたところだ。門のところで別れたのが峠の組頭の千次だ。あれは百姓の合間に牛方の仕事もやっている」

勘蔵は惣一に手で座を勧めながら言った。そこには千次が座っていたことを意味していた。

「峠部落の苦情ですか?」

「そうだ。草刈場のことで、隣の湯舟沢村と揉めていてね。もう何年越しの揉めごとになることか」

「大変ですね」

「本来は親父の出る幕だが、親父も年を取ったためか、このごろは寝込みがちでね。それでこのところ、私が本陣問屋庄屋の三役の代理を勤めている。この仕事は私には向かないけれど、ここで生まれたからには仕方のないことだ。千次の苦情というのも、親父が若い頃から続いていたものだ」

「具体的にはどういうことですか?」

「それが……」

勘蔵は深い眼で惣一を見つめて続けた。

「峠と湯舟沢の間の草刈場は、両方の村の入会地になっている。ところがその使用を巡って争いが絶えないのだ。昨年も苦労して調停に持ち込んだが、また草が萌え出る頃になって、湯舟沢の連中が不満を言い出した。というのは峠部落には牛方が多い。それでどうしても草を大量に刈ることになる。湯舟沢ではそれを問題にしているのだ。福島の役所に訴えると騒いでいる連中もいるようだ」

「困ったことですね」

「よい解決の方法はないものだろうか」

勘蔵はそう言って惣一の表情を窺った。惣一の力を試しているような言い方であった。

「紙屋の私には手に余る問題です」

「私は今年こそは決着をつけたいと思っている。決着のつけ方は一つしかないと思っている」

勘蔵は一息置いて続けた。

「草刈場に境界を設けて、土手を築いて仕切ってしまうことだ。そうやって、お互いに相手の領分には入らないようにするのだ」

「名案ですね」

「名案と言ってくれるか。しかし、これは村の鎖国のようなものだから、時代の動きとは逆行することになる」

「そうでしたね」

惣一が勘蔵から聞きたかったのは、井伊大老の横死も含めて、開国にまつわる世の中の動きについてであった。惣一が言葉を継ごうとした時に、

「いらっしゃい」

と言いながら、勘蔵の妻のお峰がお盆を捧げて座敷に入って来た。惣一は膝を立てて土産の半紙を差し出した。

「ご丁寧に悪いわね」

お峰はお茶を座卓の上に並べながら言った。

「これは手作りの朴葉《ほおば》餅《もち》です。どうぞ召し上がってください」

お峰の後ろでは、男の子が照れた顔を覗かせていた。惣一が男の子に声をかけた。

「坊や、大きくなったね。この前来た時には赤ちゃんだったのに」

「そうだったな」

反応したのは勘蔵であった。

「私は惣一さんとはたびたび会っているが、場所は中津川の仁斎《じんさい》先生のお宅が多かったからな」

「この前に仁斎先生のお宅でお会いしたのは、井伊大老の事件の噂が流れ始めた頃で……」

勘蔵と惣一は、中津川の医師、中川仁斎に国学の教えを受けていた。二人が平田篤胤の没後門人になったのは、中川仁斎の世話によるものであった。

そのこともあって二人は兄弟弟子の間柄であったが、惣一が勘蔵の前に出るとへりくだってしまうのは、本陣問屋庄屋という役職の上に、勘蔵の学問が自分より数段上であるという自覚によるものであっ

た。

「惣一さんのお子さんは？」

お峰が尋ねた。

「まだです」

惣一にとっては、触れられたくない話題であった。圭太を養子にと説明するのは時期が尚早であった。

三浦勘蔵はお茶を一口啜《すす》って、お峰が座敷を下がったことを確かめてから言った。

「この間、尾張の役人が江戸から帰国の途中で、本陣に一泊していった。その役人に、井伊大老の横死の模様を聞かされた。あの事件は……」

そこで勘蔵は口ごもった。惣一は勘蔵の口元を見つめて次の言葉を待った。

「あの事件はこういうことだったのだそうだ」

勘蔵は重い口調で語り始めた。

井伊大老の事件があったのは、今年の三月三日の朝であった。井伊大老は将軍に節句の賀詞を述べるために、彦根藩士を引き連れて駕籠《かご》で江戸城へ向かっていた。

その行列が桜田門外の杵築《きつき》藩邸の前に差し掛かった時に、物陰で待ち構えていた水戸浪士十七人、薩摩浪士一人に襲われたのであった。

浪士の一人が訴状を持って駕籠に近づいたので、供の者はその前に立ちはだかった。禁じられている駕籠訴と思ったのである。

ところが、浪士は不意に供の者に刀で斬りつけた。同時に、近くで一発の銃声がとどろいた。それを合図に、浪士がいっせいに井伊大老の駕籠に襲いかかった。

その朝は雪が舞っていたので、彦根藩士は雨合羽を着用していた。そのために体の自由が利かなかった。しかも彦根藩士の刀は柄袋《つかぶくろ》に収められていたので、刀を抜くこともままならなかった。たちまち一人二人と切り倒された。

井伊大老は銃弾を腰に撃ち込まれて、駕籠の中で身動きができないでいた。そこを浪士たちに引き出されて、薩摩の浪士によって首を打たれた。

襲撃のあとで浪士が幕府に差し出した斬奸趣意書《ざんかんしゅいしょ》には、

「天誅《てんちゅう》、天下の巨賊《きょぞく》」

と書かれていた。

そこには、井伊大老が朝廷の許可を得ないで外国と条約を結んだこと、また、多くの有能の士に弾圧を加えたことの非が綴られていた。

三浦勘蔵が重々しい声で言った。

「水戸の家老の安島帯刀《あじまたてわき》、福井藩士の橋本左内《はしもとさない》、長州藩士の吉田松陰《よしだしょういん》と、井伊大老に処刑された人を上げていけば、必ずしも開国に反対の人ではなかった。松平忠固《まつだいらただかた》などは井伊直弼を大老の職に押し上げてくれた人なのに、井伊大老は彼を幕府の役職から罷免している。井伊大老は自分の野望の支障になる人であれば、片っ端から弾き出したのだ。井伊大老はそういう鼻持ちならない自己中心の人だった」

「そうだったのですね」

惣一が深いため息をついた。

「だが政権の内輪揉めは役人の世界の話でしかない。大切なのは、井伊直弼の無理押しの開国によって苦しんでいる一般の人々だ。開国によって物価が急上昇して、生活が日増しに圧迫されている。物価高騰の原因は、この国の小判が大量に外国へ流出しているからだと聞いた。小判一枚の価値は、外国へ持っていけば六倍になると聞いている」

「それは私も聞きました。幕府は小判の価値について無知だったのでしょう」

「物事の道理を深く考えないで、外国に威嚇されて開国したところに、幕府の愚かさがあった。それに、朝廷の許可がないままに外国と条約を締結したのは、井伊直弼をはじめ幕府の役人の傲慢というものだ。井伊家は天皇親政を目指して戦った宗良親王と深い縁があったというのに」

「宗良親王？」

「建武《けんむ》の政治を行った後醍醐《ごだいご》天皇の皇子様だ。南北朝の時代には、南朝の中核になって足利尊氏《あしかがたかうじ》に対抗していた。それを支えたのが遠州《えんしゅう》井伊城の井伊道政であった。それが井伊直弼の祖先だ」

「…………」

「平田門人が目指しているのは、皇室を中心に一つにまとまった国だ。現在のように幕藩に仕切られた国の体制では、外国の強力な圧力に対抗することができない。黒船の脅しに屈服しないわけにはいかない」

「そうですね」

「この国は、本来は万世一系の天皇が治める神の国であった。それが武士に乗っ取られたところに、この国の不幸の歴史があった。私は開国を認めないわけではない。それは時代の流れだと思っている。ところが、神の国であることを忘れて、唐土《もろこし》の儒教や印度《インド》の仏教の真似をしてきた歴史の上に、今度は西洋の真似が始まっている」

「そのことについては、中川仁斎先生にもお聞きしました。これからは、我が国が世界の中心にならなければならないとお聞きしました」

「そういうことだ」

三浦勘蔵の重かった口調は、時間の経過とともに軽くなっていた。惣一は勘蔵の話を聞いて、頭の中で混沌としていたものが整理されていく感触があった。

そういう中で、釈然としないものがひとつ残った。それは最近の惣一の頭から離れないものであった。惣一は思い切ってそれを口にしてみた。

「外国に生糸《きいと》を売って儲けることはよいことだろうか?」

「どういうこと?」

「中津川の私の知り合いに寿屋という商人がいます。寿屋は横浜が開港になると生糸を買い集めて、横浜の外国商人と取引して大儲けしたということです。生糸百匁《もんめ》が一両という途方もない値段で売れたと聞きました。それで美濃ばかりか信州の生糸にも目をつけて、大量に横浜へ輸送しているということですが、私はそれを聞いてどこか釈然としないものがあるのです」

「どういうところが?」

「外国相手の金儲けが、よいことであるかどうか……」

勘蔵は「うーん」と唸って続けた。

「生糸のことは私も聞いている。外国へ高値で売れるために、国内では生糸の値段が高くなっていると聞いた。だがその半面で養蚕農家は多大な収入を得ている」

「私も商人の端くれですが、外国相手のぼろ儲けにどこか後ろめたいものを感じるのです。まして私は国学を学んでいるものですから」

「国学のことは気にすることはないと思うのだが……」

勘蔵は腕組みをして、惣一の顔を正面から見据えた。

「本居宣長《もとおりのりなが》先生に『玉勝間《たまかつま》』という本があるだろう？　その中に『富貴《ふうき》を願わざるをよきこととするには人のまことの心にあらず』という言葉があった。自分の努力で金儲けするのは悪いことではないというのだ。本心を抑えて自分は欲望がないかのように見せかける心こそ、本居宣長が嫌ったものだ。それを〝漢《から》ごころ〟と言った」

「儲けることに後ろめたさを感じるのは、〝漢ごころ〟なのですね。それなら、私の扱っている美濃紙も外国へ売りつけてよいものでしょうか」

「それは商売人のあなたの考えることだ。私には商売のことはさっぱり分からない」

そこで二人は大笑いをした。商売にまつわる惣一の疚《やま》しい気持ちは、この笑いで大方拭われた。「算《さん》勘《かん》卑しむべし」として、金儲けに引け目を感じるのは、漢ごころだったのである。

その頃には陣屋の外が暗くなり始めていた。旅籠の巴屋では、圭太が痺れを切らせて待っているはずであった。

「勘蔵さんには、このたびもよい勉強をさせていただいた」

惣一が立ち上がると、勘蔵も着物の裾を直しながら立ち上がって、惣一の背中に声をかけた。

「惣一さんは明日は座光寺村だったね。私も原田稲造さんから誘われたが、このところ用事がいろいろあって出かけられない。『古史伝』の上木については、私もできるだけの協力をしたいと考えている。稲造さんにそう伝えていただきたい」

惣一が本陣の前の街道に出ると、薄暗い宿場の坂道を、大声で話しながら上ってくる一団があった。見慣れた善光寺参りの一行であった。手に持った杖が薄暮の中で白く光っていた。


惣一が旅籠の巴屋に帰ると、帳場にいた女将から、

「風呂が沸いていますよ」

と声がかかった。旅籠の中は無人のように静かであった。

「お客は？」

「今日は井筒屋さん親子だけです」

女将は圭太を惣一の子と思っていたが、惣一には訂正の必要がなかった。

階段を上った左手の部屋が、惣一と圭太に与えられていた。惣一が部屋に入ると、圭太は街道に面した障子を開けてじっと外を覗いていた。

「圭太。風呂だ」

惣一は圭太に腹立たしいものを感じて、ぶっきらぼうに言った。圭太は不思議なものを見るような眼

で惣一の顔を見つめ、立ち上がって細い声を発した。

「お帰りなさい」

風呂場は一階の奥にあった。惣一は檜風呂に体を沈めて、向き合って首を沈めている圭太に言った。

「圭太は元気がないようだが、どうかしたのか？」

「部屋に入って来た旦那様が、何だか幽霊のように見えたので……」

「冗談じゃない。私にはこのようにちゃんと足がついているぞ」

惣一は風呂の中で足を上げて見せた。

「『霊の真柱』を読んでいるうちに、何だか変な気持ちになったのです」

圭太は手拭で顔を拭って、惣一の顔を正面から見て続けた。

「平田篤胤先生の書かれた幽冥界《かくりょかい》というのは、どういうところなのですか？」

「幽冥界というのはあの世のことだ」

「あの世というのは？」

「人間が死んでから行く世界だ。『霊の真柱』には、幽冥界はこの地上にありながら、生きている人間には見えない世界だと書いてあっただろう？」

「どうして人間には見えないの？」

「あの世が暗いからだ。暗いあの世からは明るいこの世が見えるが、明るいこの世からは暗いあの世は見えない」

「人間は死ねば誰でもあの世へ行くの？」

「そうだ。亡くなった圭太のおじいちゃんもおばあちゃんも……」

惣一はそこで一度息を止めて続けた。

「太閤様であれ、東照宮様であれ、あの世で私たちを見守っているのだ。この風呂場もあの世の人たちに見守られている」

「本当なの？」

「平田篤胤先生がそう書かれているのだから、本当のことだろうよ」

「………」

圭太は黙ってしまったが、お湯から突き出た圭太の顔には、納得できない表情が顕《あら》わであった。

「平田篤胤先生の本を読んだので、私が幽霊に見えたのだな」

「ええ……」

そこで圭太が急に笑い出した。惣一も一緒に声を出して笑った。惣一には圭太の抱いた割り切れない気持ちに共感するものがあったのだ。

風呂から上がって食事をしている間も、圭太は黙々と口を動かしていた。圭太は何かの問題に突き当たると、それにいつまでもこだわるところがあった。それが利口者である証拠だと惣一は考えていた。

「明日は伊那の座光寺まで行かなければならない。ここから十何里もあるのだぞ。夜明けに宿を出るから、圭太も早めに寝るように」

惣一は圭太にそう言いつけたが、眠れない夜を迎えたのは惣一であった。隣で軽い寝息を立てている圭太を意識しながら、惣一は平田篤胤の幽冥界のことを考えていた。

人間は死んだあとはどうなるのか。本居宣長は人間は死ねば黄泉国《よみのくに》へ行くと書いている。『古事記』にも同じことが書かれている。だが、平田篤胤は幽冥界へ行くのだと書いている。どちらが正しいのか。あるいはどちらも正しくないのか。

平田門人の前では口にできないことであったが、惣一は平田篤胤の書いたことを全面的に信じているわけではなかった。三浦勘蔵は「この国は万世一系の神の国」と言ったが、惣一はそれも鵜呑《うの》みにしているわけではなかった。万世一系の神の正体が分からなかったのである。ただ、皇室を中心にして一つにまとまった国をつくらなければならないという勘蔵の言葉には、惣一も賛同できるものがあった。

惣一が手がけている紙の商売では、幕藩の垣根は商人の手で徐々に取り外され始めていた。それなのにあえて垣根を設けて、商売を邪魔しているのは、武士の都合でしかないというのが、惣一が日頃考えていることであった。

それを一日の出来事に重ねてあれこれ考えているうちに、惣一はうとうととまどろみ始めた。

惣一は美濃紙の包みを背負って、横浜の海辺に立っていた。海面には白い泡が大きな輪を描いて広がっていた。その泡の輪の中から自分を呼ぶ声があった。

「どなた？」

惣一が応じると、海面の輪がパクッと割れて、狩衣《かりぎぬ》に烏帽子《えぼし》姿の優しい面差《おもざ》しの男がぬっと現れた。

「私は宗良親王だ」

「後醍醐天皇の皇子様……」

「そこで何をしている？」

「外国へ紙を売るために、中津川からやって来ました」

「そうか」

宗良親王は喉の奥で「くっくっ」と笑った。

「大いに儲けるがいいぞ。後醍醐天皇が目指したのは、自由に商売ができる宋《そう》のような国であった」

それを聞いて沈黙した惣一の前で、宗良親王が涼しい声で歌を朗詠した。

君が代の
春待つ人は谷深み
鶯よりも先ずや出づらむ

「春待つ人」というのは私のことなのであろうか。歌の意味を考えているうちに、惣一は眠りに落ちた。だが、「あの世の宗良親王が自分に語りかけてくれた」という感覚は、翌朝の目覚めの時にも残っていた。

2　大和心《やまとごころ》

「一番鶏が鳴いたよ」

馬渕惣一はそれを宗良親王の声のように聞いていたが、二度目の呼びかけで圭太の声であることに気がついた。目を開けて見ると、街道に面した障子が薄明るくなっていた。

朝餉《あさげ》を済ませて旅籠を出た時には、夜はすっかり明けて、雀がチイチイと鳴きながら巴屋の屋根で飛び跳ねていた。

馬籠峠まで上りつめると、惣一の前を歩いていた圭太が前方の山を指差して言った。

「あそこに雪の残っている山が見える。あれは何という山？」

「あれは駒ケ岳だ」

山脈の前山の上に山羊のように横たわっているのが、まだ雪の残っている木曽駒ケ岳であった。

「これからあの山の裾を回って、大平《おおだいら》峠を越えて伊那へ出るのだよ」

「遠いのだね」

圭太はそう言ってため息をついたが、若い圭太の足は速くて、旅慣れた惣一も付いて行くのが精いっぱいであった。

木曽川の支流の蘭《あららぎ》川の橋を渡ったところで、惣一が圭太の背中に声をかけた。

「そこを右だ」

道は中山道から右に折れて、急な上り坂道になった。蘭川に沿った道の両側の山には芽吹いたばかりの木々が混み合って立っていた。

半時《はんとき》も歩いたところで、圭太が立ち止まった。

「あそこに山桜が咲いている」

「中津川とは違って、信州の桜は咲くのが遅いのだよ」

右手の山の斜面に、山桜が朝日に照らされて明るい光を撒き散らしていた。それを見て、惣一の頭の中に本居宣長の歌が甦った。

敷島の
大和心を人問はば
朝日に匂ふ山桜花

惣一がそれを口ずさむと圭太が言った。

「いい歌ですね」

「敷島は大和の枕詞《まくらとば》、匂うというのは、朝日を照り返している花のことだ。この歌のどこがいい？」

惣一が尋ねると、圭太はしばらく考えてから答えた。

「大和心を山桜に譬《たと》えたところ」

「さすがに圭太だ。これまで何百年か、日本人は大和心というものを忘れていた。それを思い出させてくれたのが本居宣長先生だ」

「すがすがしい歌ですね」

「それが大和心だよ」

道は坂の途中で左右に分かれた。右は清内路《せいないじ》峠、左は大平峠に通じている。座光寺村へ行くには、大平峠を越える道の方が近かった。

坂道を登りつめて、大平峠を下ったところに大平宿があった。その中程に茶屋があって、茶屋のおばあさんが惣一と圭太を見て、

「寄っていかっしゃれ」

と声をかけた。惣一と圭太は床机《しょうぎ》に腰を掛けて、注文した五平餅《ごへいもち》が出るのを待った。木漏れ日が頭の上にちらついていた。

「あっ、鶯……」

圭太が声を潜ませた。鶯の鳴き声が林の中を静かに渡っていた。

それを聞いている惣一の頭の中に、歌が一首浮かんだ。惣一が最近になって歌を詠むようになったのは、中津川の中川仁斎先生の影響であった。

山桜いま盛りなり
峠路に
声を震わせ鶯の鳴く

「私がつくった。どうだ？」

惣一が自慢すると、圭太は苦笑いしながら答えた。

「いい歌だけれど、本居宣長先生の歌の方がいいような気がする」

「言ったな。それなら圭太も一首どうだ？」

「僕は俳句ができた」

ほととぎす峠に匂ふ山桜

「こいつ……」

惣一は圭太の頭を指で小突いたが、圭太の即興の知恵に感心していた。

そこへ五平餅が出た。杉の薄板にご飯を御幣《ごへい》の形に貼り付けて、味噌を塗って焼いたものである。惣一と圭太は、林の中を渡る鶯の声を聞きながら、五平餅をゆっくりと味わった。

食事が終わって二人は茶屋を出た。そこからは、山の中の曲がりくねった下り坂道になった。

圭太が立ち止まって叫んだ。十数匹の猿が山の中に散らばって、背を丸めて手で土をほじっていた。

「あっ、猿だ」

冬の間は雪に埋もれていた木の実を掘り出しているのである。

「あの岩の上で威張っている猿がいるよ」

圭太が指差したのは、岩の上に座ってこちらを警戒している大きな猿であった。

「あれか。あれは猿の親分だ。ああやって岩の上で猿の仲間を監視しているのだ。それで猿たちは安心して餌を探している」

圭太はこの説明で納得したが、惣一は自分の言葉を人間の社会に結び付けて考えていた。現在のこの国の親分は誰かと考えていたのである。

これまでは、幕府の将軍が実質的な親分であった。ところが外国に開国を迫られると、幕府は口では強硬な態度を示しながら内実は弱腰であった。その実態を見て、「天皇様なら頼りになるかもしれない」と考える人が出てきた。

尊皇攘夷《そんのうじょうい》。しかし開国を余儀なくされると、「尊王」と「攘夷」を切り離して考える人が多くなった。現在は「尊王」「佐幕」「攘夷」「開国」が混沌として、それぞれ勝手に親分を擁立している。平田門人の間でも、「尊王」は共通しているが、「攘夷」と「開国」とは、截然《さいぜん》と区別がついているわけではなかった。

「あそこに白い猿がいるよ」

圭太がまた大きな声を上げた。群れから離れた道の真中で、一匹の白猿が親しげにこちらを見ていた。

惣一と圭太が坂道を下り始めると、白猿は圭太の顔を見ながら、先に立ってちょこちょこと歩き始めた。

「待て……」

圭太が白猿のあとを追った。白猿は林の中の熊笹に覆われた横道へ逸れたが、圭太はそれを追うのに夢中であった。

「圭太……」

惣一は小走りで圭太のあとを追った。惣一には自分が道から外れていることは意識の中にあったが、圭太を追いかけるのに精いっぱいであった。

そうやっているうちに、二人の目の前に忽然と黒い瓦屋根の建物が現れた。圭太が「あっ」と言って立ち止まった。

「猿がこの縁の下へ消えた」

白猿の消えた建物は古い寺であった。建物を回りこんでみると、正面に、

「元善光寺《もとぜんこうじ》」

と彫られた額が掲げられていた。圭太がそれを読んで言った。

「元善光寺というのは善光寺の前身のお寺でしょう？　白い猿は善光寺の仏様の化身だったのかもしれない。その仏様が僕たちをここへ導いてくれたのかもしれないね」

「元善光寺は座光寺村にあるお寺だ。白い猿のお陰で、こんなに早く座光寺村に着くことができた。不思議なことだ」

惣一と圭太は元善光寺の本堂の前で参拝をして、急な石段を下りて門前に出た。

「原田稲造さんの家に集まるのは、暮れ六つになっている。まだ時間があるから茶屋にでも寄っていこうか」

元善光寺の門前には、土産物の店が並んでいた。惣一は「茶屋」という看板の出ている店に入って、煎餅《せんべい》を注文して外の人通りを眺めていた。

「牛に引かれて善光寺参り」という言葉があるが、「猿に引かれて元善光寺参り」があったとは。圭太の言うように、白猿は善光寺の仏の化身であったのかもしれない。

そんなことを考えている惣一の目に飛び込んだのは、門前の横通りをこちらへ大股で歩いて来る大原信一の姿であった。大原信一は清内路村の庄屋で、原田稲造の家で落ち合う予定の平田門人の一人であった。

惣一が茶屋の前に顔を突き出すと、それを目ざとく見つけた大原信一が、

「惣一さんか。こんなところで出会うとは奇遇だね」

太い声で言いながら茶店へ入って来た。惣一は腰を下ろした原田信一に尋ねた。

「清内路村から？」

「昨晩は飯田の伝馬町の親類に泊まった。今日も用事が済んだら伝馬町へ帰ることになっている。惣一さんはどちらから？」

「夜明けに馬籠の旅籠を出て来た」

「それにしては、早くにここへ着いたものだね」

それを聞いていた圭太が、得意そうに口を挟んだ。白い猿を追って元善光寺へ着いたいきさつを語る圭太の口調には、まだ興奮が残っていた。

「それで元善光寺の仏様にお参りをしてきました」

圭太の説明のあとで、惣一は寺に参拝したことの弁解をしないわけにはいかなかくなった。

「平田学派では仏教を否定しているけれど、事の成り行きでお寺にお参りしないわけにはいかなかった」

「それは問題がないと思うよ。本居宣長先生も平田篤胤先生も、日本人の中の漢ごころ、ああでなければならない、こうでなければならないという漢ごころを否定しているのであって、儒教や仏教そのものを否定しているわけではない。儒教や仏教は神の道から枝分れしたものだと言っている。本居宣長先生にこういう歌がある」

原田信一はそう言って、低い声で歌を口ずさんだ。

釈迦孔子も神にしあれば
その道も
広けき神の道の枝道

儒教や仏教は、「神の道」から分かれたものだというのである。

3　平田門人たち

煎餅を食べたあとで、三人は肩を並べて出発した。座光寺村庄屋の原田稲造の屋敷は、元善光寺から半里の行程であった。山を背にした茅葺《かやぶき》の大きな母屋の横には、二つの土蔵が並んで建っていた。馬渕惣一と大原信一が原田家に着いた時には、大河原村の神官の中山早苗が座敷に見えていた。これで太田春信が見えれば全員が揃うわけである。

「山吹藩の太田春信様からは、半時ばかり遅れるという連絡があった。緊急に藩の用事ができたということだ」

原田稲造はそう言って、座敷の上座にどかっと腰を下ろした。中山早苗、大原信一、馬渕惣一が、原田稲造を囲む形になった。圭太は部屋の隅でかしこまって正座していた。

「井伊大老も大変なことになったものだな。これでまた世の中が大きく変わるに違いない」

そう言って話の口火を切ったのは、原田稲造であった。清内路の大原信一がそれに頷いて言った。

「井伊大老の横死は、当然の成り行きであったと私は思っている。朝廷の意向をないがしろにして、国の将来につながる大事を強引に進めた罰が当たったのだ」

それは四人に共通の思いであった。

惣一は三浦勘蔵に聞いた井伊大老の横死の模様を丁寧に話し始めた。三人は目を丸くして惣一の話に聞き入った。桜田門の事件の詳細は、中山道から離れた伊那の地には伝わっていなかったのである。

「そう言えば……」と稲造が言った。

「井伊大老が襲われた時に、その場に伊那の百姓がいたということだ。今田村の猪兵衛《いへえ》という男だ」

「猪兵衛というのは、昨年末の南山百姓一揆の首謀者なのだろう？」

と中山早苗が言った。南山百姓一揆の情報は、南山と山続きの大河原の地には伝わっていたのである。

大原信一が原田稲造に問い返した。

「どういう百姓一揆だったの？」

「今田村の猪兵衛は、南山三十六ヵ村の総代として、井伊大老に駕籠訴をするつもりだった。ところが水戸の浪士たちに先を越されたので、そのまま訴状を持ち帰ったということだ」

「中津川の私には、その百姓一揆のことは初耳だ。初めから詳しく話してくれないか」

馬渕惣一の求めに、清内路村の大原信一が「私も聞きたいな」と同調した。

原田稲造は胸を張って語り始めた。

「惣一さんもご存知のことと思うが、伊那谷は美濃とは違って天領、飯田藩、高遠藩などのほかに、いくつかの旗本領が複雑に入り組んでいる。おまけに奥州の白河藩の飛び地もある。今度の百姓一揆は、白河藩の飛び地の南山地方で起きたものだ……」

南山の三十六ヵ村は、白河藩の支配になる前は幕府直轄の天領だった。天領の時の年貢は、松本、諏訪、飯田の三ヵ所の立冬米相場の平均価額で金納することになっていた。この相場は他に比べて安かった。

弘化三年に、福山藩主の阿部正弘様が幕府の主席老中に就任すると、親族の奥州白河藩の阿部正備様に信州の天領の一部が与えられた。ここ座光寺村の隣の市田村周辺、部奈村周辺、田辺村の一部、遠く南に離れた駒場村、それに南山地方の三十六ヵ村、合わせて一万四千石が、切れ切れの襤褸《ぼろ》のように白河藩に与えられたのだ。

白河藩では平地の市田村に陣屋を置いて、一万四千石を治めることになった。初めの頃の南山の年貢は天領の時と同じだったが、務川忠兵衛が郡奉行になると、市田陣屋のお蔵米の相場で金納するように申し渡された。そのために、南山地方では年に五百両、年によっては千両も割高になった。

これでは山間僻地の南山の百姓はたまったものではない。そこで安政二年に、南山の村々で三人の総代を立てて陣屋へ嘆願した。嘆願の内容は、

「南山の年貢を天領の頃と同じに戻してほしい」

というものだった。その時の総代の一人が、今田村の猪兵衛だった。

ところが、郡奉行務川忠兵衛は、総代の三人をその場で牢に押し込めて、

「異国から国を護るために、藩では多大な経費が必要な時だ。こういう時に年貢を下げろとは何事か。この国を見捨ててよいのか。不埒な行いをした罰として、南山三十六ヵ村で四百両を差し出せ。そうすれば総代は釈放する」

と申し渡した。ひどいものだね。そこで南山の村々では何とか工面して、四百両を調達した。

今田村の猪兵衛は学問のある知恵者ということだ。それからというもの、全国各地から百姓一揆の資料を集めて、勝てる百姓一揆の研究を始めた。

その上で今田村の治部右衛門や文助と謀って、密かに一揆の準備を始めた。猪兵衛は村々を「佐倉宗吾伝」の講談を語って歩いたし、文助は秋葉講に事寄せて村々の連絡をとった。

治部右衛門は不二道の仲間と連絡を取って事を進めた。不二道というのは富士山信仰だが、皇統一系の国体を目指している結社で、平田学派と同じに天皇親政を考えている。

そうやって三年間、南山三十六ヵ村に百姓一揆の機運を盛り上げた。それが爆発したのは昨年の暮れのことだ。

昨年は市田お蔵米の落札価額が例年になく高かったので、南山三十六ヵ村では天領の頃と千両余の違いが生じた。その裏には、郡奉行務川忠兵衛と旗本知久《ちく》領の米穀商との画策があったという噂が流れた。そこで庄屋や組頭などの村役人は、市田陣屋へ年貢軽減の出願に踏み切った。安政二年に処罰を受けているから、覚悟の上のことだったのだろうね。

だが、願いの筋がいっこうに聞き届けられないので、年が明けてから再び出願することにして、村役人はそれぞれの村へ帰ることになった。それが年も押し詰まった十二月二十七日だった。

その頃、南山の村々では、百姓、小前（小作人）、被官など、強訴のために一戸に一人が今田村の舟《ふな》渡《と》に勢揃いしていた。その数は千六百人余だったということだ。そういう手筈を整えた中心人物が猪兵衛だった。

一行は市田陣屋に向かって出発したが、伊那は幕府や藩の領地が入り交じっているために、途中で飯田領を通過しないわけにはいかない。

それで八幡《やわた》っ原《ぱら》まで来て、飯田藩の役人に押し止められてしまった。そこで押し問答の末、飯田藩の計らいで、市田陣屋から郡奉行の務川忠兵衛が八幡っ原へ出張って来ることになった。

この時の一揆の総代と務川忠兵衛とのやり取りが面白い。これはその場に居合わせた飯田藩の下役に聞いた話だが、

「徒党強訴は天下のご法度だ」

と郡奉行の務川忠兵衛が言えば、

「強訴をさせたのは誰だ。みんなおまえのやり方が悪いからだ」

と総代の伴助が言い返したというのだ。伴助は六十歳の高齢ということだが、その怒鳴り声は、一揆の千六百人に聞こえたというから凄い。

その時にもう一人の総代の順省などは、郡奉行の腰の刀を引き抜こうとした。それに千六百人の怒鳴り声が重なったというのだから、その場は凄まじいものだったのだろうね。

このやり取りを見ていた飯田藩の役人が、

「この始末はどうつけるつもりか」

と務川忠兵衛に迫ったというが、飯田藩の役人は内心では嬉しくて仕方がなかっただろうな。だって隣の藩の不始末なのだから。

かれこれ数時間に及ぶ談判の末、夜明けになって願いは聞き届けられることになった。困り果てた務川忠兵衛が、

「年貢の取立ては天領の時と同じにする」

と口約束したからだ。

だが、猪兵衛は忠兵衛の口約束などは信じていなかった。猪兵衛は忠兵衛の口約束を見届けると、その足で江戸へ向かった。処刑覚悟で井伊大老に直訴するためだ。

年が明けると、猪兵衛が案じたとおりに務川忠兵衛は八幡っ原での約束を、

「あれは飯田藩の役人の手前言っただけのことで、書き付けをもって約束したわけではない」

と反古《ほご》にしようとした。猪兵衛はその事態を予測して、井伊大老に直訴の機会をねらっていたのだ。井伊大老が水戸の浪士に襲撃されて、直訴の機会は失われてしまったが、この一揆のことは白河本国の阿部の殿様に知れて、務川忠兵衛に解任の沙汰があった。同時に年貢も天領並みに戻った。完全に百姓の勝利というわけだね。

一揆の総代はどうなったかだって？　総代の伴助と順省は入牢になったが、間もなく解かれて村預けになるという噂だ。

外国との問題で国内が揉めている最中に、白河藩では藩内のごたごたを起こしたくなかったのだろうね。それで責任のすべてを郡奉行の務川忠兵衛に押し付けて、事件の決着を図ったのだ。

南山の百姓一揆が語っていることは、徳川の世が崩れ始めているということだ。この百姓一揆も、元を尋ねれば、藩の財政が破綻しつつあるために、年貢を吊り上げたことにあった。郡奉行の務川忠兵衛の言い分も聞いてみたいものだね。

原田稲造が語り終わったあとには、座敷の中に息詰まるような沈黙があった。台所でしゃべる女たちの声が聞こえていた。

沈黙を破ったのは馬渕惣一であった。

「南山に三十六ヵ村あるということだが、山の中にそんなにたくさんの村があるの？」

「そのことか」

原田稲造が頷いて答えた。

「三十六ヵ村の中には、ここ座光寺村と同じように、百姓の家が何十軒かある村もあるが、南山地方には百姓が一軒だけという村が多い。そういう百姓は一人百姓《いちにんびゃくしょう》と呼ばれて、一軒だけが百姓で、あとの家は被官と言われている。つまり被官は一人百姓の家来になるわけだ。被官は一人百姓の田畑を耕して、その代わりに生活の面倒を見てもらっている。被官の家が三十軒という村もあるけれど、たいていは数軒でしかない。それで南山地方には数多くの村がひしめいているのだ」

「そういう村は美濃では聞いたことがないな」

「そうだろう。そういうのは昔の村のかたちなのだ。鎌倉時代、南北朝の時代などは、それが普通の村のかたちだった。それで戦《いくさ》の時には一人百姓が被官を家来に従えて戦場へ駆けつけたものだ。だから一人百姓のことを地元ではお館《やかた》様と言っている。お館様は小規模の土豪だね。南山地方には、江戸幕府が開かれる前の村の形がそのまま残っているのだ」

「そういうことだったのか」

惣一が首をたてに振ると、大河原の中山早苗がそれに言葉を継いだ。

「大河原は普通の村の形になっているが、宗良親王がおられた南北朝の時代には、そういうお館が大河原村、鹿塩《かしお》村、大草村に何軒かあって、それをまとめていたのが香坂高宗《こうさかたかむね》様だった。香坂高宗様はそういうお館の土地を護る役目を担《にな》っていた。その香坂高宗様の後ろ盾になっていたのが、京から来た南朝の宗良親王様だった。それを証拠づける史跡が、大河原にはいくつか残っている」

「宗良親王様は……」

馬渕惣一が言いかけた時に、台所の女の声が急に高くなって、そこへ山吹藩士の太田春信が大柄な体を現した。原田稲造は自分が座っていた場所を横に移して、太田春信を上座の中央に据えた。

「遅くなって申し訳ない」

太田春信は一同を見回して言った。

「幕府から梵鐘《ぼんしょう》の供出の指示があったので、領内の三つの寺に寄ってきたが、寺では簡単には承知しなかった。梵鐘は時を知らせるだけではない、仏の心を村人に知らせるものだというのだ」

「幕府はお寺の鐘をどうするのですか?」原田稲造が尋ねた。

「溶かして大砲を鋳造するというのだ。その大砲を海岸に配備して、外国の攻撃から国を護ろうというわけだ」

そのあとの座には声がなかった。それぞれに大砲の効果を考えていたのである。黒船の大砲の威力は、この国で造られる大砲とは比較にならないと聞いていた。

太田春信が口調を改めて言った。

「『古史伝』の上木（刊行）の話はどうなった?」

「その相談については、太田様がお見えになるのをお待ちしていました」

原田稲造はそう言って説明を始めた。

原田稲造は江戸に出て、平田篤胤の跡を継いだ平田鉄胤《かねたね》に会ったことがあった。その時に鉄胤から、平田篤胤の書いた「古史伝」の原稿を見せられた。

「これは篤胤先生が、この国の古道の姿を明らかにしたものだ。三十二巻あって、篤胤先生が最も力を入れて書かれたものだ。上木したいと思っているが、そのための膨大な費用がままならない」

平田鉄胤はそう言ってため息をついた。稲造は聞いていて、「信州には平田門人が大勢いる。その門人たちに相談すれば、上木の費用を捻出できるのではないか」と考えたが、それを口に出すことはなかった。

帰郷した原田稲造が、同門で山吹藩士の太田春信に相談を持ちかけると、太田春信は乗り気であった。

「私も参勤交代で江戸にいる時に、その原稿を見せてもらったことがあった。それは本居宣長先生の『古事記伝』に匹敵する労作で、『古事記』『日本書紀』『風土記』などに基づいて、この国古来の道を明らかにしたものだ。我々の手で上木できれば、それに越したことはない」

太田春信の所属する山吹藩は、千四百石の旗本領であったが、参勤交代のある交代寄合であった。太田春信は参勤交代の供頭《ともがしら》として江戸に出た時に、かねてから交流のあった平田鉄胤の門を叩いた。そういうこともあって、原田稲造の提案に一も二もなく賛成したのである。

「古史伝」上木の計画は、信州の門人を中心に進められていた。その夜の相談もその手はずの一つであった。

「『古史伝』の上木については、すでに皆さんの賛同をいただいている。鉄胤先生の配慮によって、版元は江戸に決めていただいてある。問題は上木にかかる費用だ。それをどうしたらよいかが今夜の相談だ」

原田稲造の言葉に太い声で反応したのは、清内路の大原信一であった。

「門人を中心に出費していただくのがいいと思う。その運動の過程で門人の間口を広げていけば一石二鳥だ」

「門人は信州と美濃に多いが、三河、駿河などにも広げていけばいい。『古史伝』は三十二巻あるというから、息の長い仕事になることは覚悟しなければならない」

大河原の中山早苗の言葉に、太田春信が頷いて言った。

「そのとおりだ。そのためには上木の趣意書をつくらなければならないが、趣意書の原案は拙者が作ろうと思う。賛成してもらえるかな?」

「趣意書は太田様にお願いしたい」

原田稲造が一同を見回したが、異を唱えるものはいなかった。

馬渕惣一は何か言わなければならない気持ちになった。

「上木に必要な紙については、私が工面したい。美濃の中津川は紙の産地だから」

「それはありがたい」

四人が同時に声を出した。

その時に台所が急に賑やかになって、四人の女が膳を持って座敷に現れた。膳の上には酒と肴が載せてあった。

それから宴会が始まった。宴席では「古史伝」の話が続いたが、その中で太田春信の言葉は一同の心に響くものがあった。

「『古史伝』によって、この国の神ながらの道に学ぶのは大切なことだ。だがそれだけでは不足だ。『古史伝』に書かれている昔の国のかたちにも学ばなければならない。武士の端くれの私が言うのは変だが、武士が政権を握る前の国のかたちは、天皇親政の統一国家であった。現在の社会の混迷を見つめた時に、私はこの国をそこへ戻さなければならないと考えている」

これは平田門人が共通に考えていることであった。平田篤胤の言動の中に、その意思を嗅ぎ取った幕府は、天保十二年に篤胤を江戸から追放した。篤胤は国元の秋田に戻って無念のうちに没した。江戸で篤胤の跡を継いだのは養子の平田鉄胤であった。

賑やかな宴が終わって、太田春信は山吹へ、大原信一は飯田へと帰って行った。馬渕惣一と中山早苗は、原田稲造の家に泊まることになった。

二人が寝部屋に入ると、早くに座敷を引き揚げた圭太が、布団の上で軽い寝息を立てていた。

「圭太も早朝から歩きづめで疲れたろう。私も疲れた」

惣一はそう言って布団に入ったが、中山早苗が薄暗い天井を見上げながら惣一に声をかけた。

「惣一さんの明日の予定は？」

「小野村の柴宮一郎さんのところへ寄るつもりだ。柴宮一郎さんも門人だから、『古史伝』のことを話さなければならないと思っている」

「どうだ。小野村へ行く前に大河原村へ寄っていかないか。大河原で宗良親王の遺跡を見ていかないか。帰るのが二、三日遅れたところで、商売には差し支えないのだろう？」

「商売は番頭の伊助に任せてきた」

「小野村の柴宮一郎さんには訪問の連絡をしてあるの？」

「予告なしの訪問だ」

「それならいいじゃないか。惣一さんにはぜひ見てもらいたいものがある。私の家の家宝だ。平田門人でも、あれを見た人はそんなにいないのではないか」

「家宝？」

「その正体は見るまでの秘密……」

惣一に眠気が襲った。中山早苗のぼそぼそと話す声が耳に入っていたが、惣一はその意味を聞き取れないままに眠りに落ちていた。

4　大河原

渡し舟で天竜川を東へ渡ると、そこからは伊那山脈へ登る坂道であった。

坂道の右側には、谷川に沿って狭い水田が続いていた。道の左側は竹林の茂る斜面であった。

前を歩いていた圭太が、前方の山の峰を指差して言った。

「山のてっぺんに家があるよ」

「あれか」

中山早苗も指差しながら説明した。

「このあたりの家はあのような山の上が多い。山の上のことをてんぱちと言っている。ここからは一軒しか見えないが、あのようにてんぱちのあちこちに家が建っている。土地の低いところは、ここのように水田になっているからね」

「てんぱちは大きな野分《のわき》が来ると大変だね」

「今に見えて来るが、この向こうの高い赤石の山々が風を防いでいるから大丈夫だ。そう言えば……」

中山早苗は惣一に向き直って言った。

「百姓一揆のあった南山地方が、この地勢によく似ている。こういう土地は川の水が冷たいので米の収穫量が少ない。それで百姓は養蚕やコンニャクの栽培もしているが、生活は苦しいのが一般だ」

「中津川にはない深い山里だね」

「こういう村人の生活を護るのが政治の役目のはずだが、現在の政事《まつりごと》は百姓から多くの年貢を搾り取る方向に向かっている。その年貢の大半は、役人とその家族の食い扶持になっている。しかも天領、旗本領、藩領では年貢高が違っている。ここは南山三十六ヵ村と同じ白河領だから、年貢は収穫の五割近くになるのじゃないのかな。それに比べて、私のいる大河原は、天領だからほぼ四割になっている。南山の百姓一揆は、天領から白河領へ移された不満が主な原因だった」

「そうだったのだね」

惣一は昨晩聞いた百姓一揆の経過を思い出した。中山早苗が惣一の横顔に目を当てて言った。

「そういう面では、商人というのは恵まれているなあ」

「そうでもない。最近は尾張藩から運上金の取立てが厳しい。頼母子講《たのもしこう》の名で寄付金の強要もある。名目は異国からの国の防衛のためと言っているが、開国による物価の上昇もあって、藩の財政が破綻を来しているというのが商人たちの認識だ。中津川の商人の多くは、幕藩の垣根を取っ払って、自由に商売ができる世の中を求めているよ」

「百姓も年貢の安い天領を望んでいるが、現在の幕藩体制の下では、それが無理であることが分かっているから、平田門人のように、皇室を中心にした統一国家を望む人が出ているのだ。とりわけこのあたりは昔は皇室領だったからな」

「ここが皇室領だったの？」

「天竜川の東側が皇室や公家や寺社の荘園だったのは、大昔から南北朝の時代までだった。このあたりは皇室に委託されて桃井氏《もものい》が治めていた。隣の大河原村、鹿塩村、大草村などは香坂氏が治めていた。南北朝の時代には桃井氏も宗良親王を支持していたが、中心になっていたのが大河原の香坂高宗様だった。ところが、天竜川の西側一帯は信濃守護の小笠原貞宗の支配で、小笠原は足利幕府と、その後ろ盾になっている北朝を支持していた。だから、このあたりは南北朝の接点になっていたわけだ」

「………」

「百姓は自分の生活を護ってくれる勢力を支持した。大河原のお館と言われた土豪衆も、宗良親王様がおられた頃は南朝の支持だったが、香坂高宗様の死後は徐々に小笠原に傾いて、そのうちに足利の室町幕府に呑み込まれてしまった」

中山早苗と惣一は、周りの山に木霊《こだま》するような大声で話を続けた。このような熱っぽい議論は、平田門人の間では日常的に行われていた。そこに流れていたのは、「世の中が今のままであってよいのか」という危機感であった。

二人を先導していた圭太が突然、

「あっ！」と大声を上げた。

「蛇だ。蛇が道にいる」

圭太はそう言って、道端の竹の棒を拾って手に持って構えた。圭太をたしなめたのは中山早苗であった。

「蛇を構ってはだめだ。そいつは青大将と言っておとなしい蛇だ。ちょっと待っていれば、蛇の方で道を空けてくれるよ」

圭太の目の前で、青大将は圭太の顔をちらっと見て、舌をぺろっと出して、青い背中をくねらせて竹藪へ入っていった。

「蛇が消えた」

圭太が驚いた声を出した。

「蛇にも神が宿っているのだからね。気味悪いといって棒で叩いたりしては駄目だ。まして殺したりすれば祟られる」

「蛇に神様？」

「蛇ばかりじゃない。この世のものすべてに神が宿っている。この世のものは、大昔に神がつくられたものだから……」

「『古事記』ですか」

　惣一の一言で会話は途切れた。

「古事記」は平田門人の大切な書物になっていた。門人の多くはその内容を鵜呑みに信じていたが、惣一は「『古事記』の内容は事実が半分、事実を裏付けるための想像が半分ではないか」という気持ちを棄てることができなかった。だが、神官の中山早苗の前でそれを口にすることははばかられた。

「このあたりは峠村というところだ。伊那の山並の峠に当たるわけだ。ここからは急な下り坂になる。下り切って小渋《こしぶ》川が見えれば大河原だ」

　中山早苗の言葉のとおりに、急な坂道を下ると左手に川の流れが現れた。赤石山脈から流れ出て天竜川に注いでいる小渋川である。小渋川の流域は狭い盆地を形成していた。

「ここから右に向かう道に開けているのが大河原村、左に向かう道に開けているのが鹿塩村だ。この街道は秋葉街道と言って、南は遠州の秋葉神社に通じているし、北は諏訪神社に通じている。宗良親王様が何度も行き来したのはこの街道だ」

「古道なのだね」惣一が相槌を打った。

「昔は神が通った道と言われている。南は地蔵峠、北は鹿塩峠（分杭峠《ぶんぐい》）に遮られているから、大河原は敵にとって攻めにくい場所だったに違いない。宗良親王様がここを拠点にしたのは、そういう利点があったからだ」

「宗良親王様は大河原に長くおられたの？」

「三十一年間と言われている。その間には何度か外へ戦《いくさ》に出かけたけれど、そのたびに負けてここへ逃げ帰っている」

「宗良親王様は戦に弱かったのだね」

圭太の一言に中山早苗は顔をしかめた。

「それは失礼というものだ。親王様というのは戦の際の旗印のようなもので、戦場《いくさば》にあっても自分で戦うことはめったになかった。戦ったのは武士だよ。負けたのは武士が弱かったからだ」

「………」

圭太は黙ってしまった。

秋葉街道を南に向かって歩いていると、街道筋に民家の立ち並ぶ集落が現れた。集落の中には、穀物や小間物を売っている店があった。

「大蹟《たいせき》神社へお参りして行こう」

中山早苗がせっかちに言って、街道を折れて坂道を上って行った。惣一と圭太があとに続いた。

坂道を上り切ったところに木の鳥居があって、その脇には二本の御柱《おんばしら》が建っていた。境内の正面には、山を背にして神社の拝殿が建っていた。中山早苗が拝殿に向かって説明した。

「この神社には建御名方命《たけみなかたのみこと》が祀られている。諏訪神社から招聘した神様だ。建御名方命は本来は戦の神様だ」

三人が揃って拍手《かしわで》を打つと、その音が後ろの山に木霊した。中山早苗が続けて言った。

「私はここの神職を務めているが、大河原のほかの神社の神職も務めている。私は年に一度、この街道を南に歩いて伊勢神宮にお参りしている。伊勢神宮には天照大神《あまてらすおおみかみ》が祀られていて、この国の神社の総元締めだからね」

　中山早苗は後ろを振り向いて、

「ここから下を眺めてご覧……」

と言いながら境内の突端に立った。

目の下には集落が広がって、その向こうには小渋川が横に流れていた。小渋川の両岸には、河原の石が夕方の日差しで赤く染まっていた。

「広い河原だね」

惣一の視線は小渋川から対岸の山へ移動していった。山肌がたてに割れて、ところどころに岩が露出していた。

「あの山は大雨で何度も崩れ落ちている。崩れ落ちて押し出された土砂が、広い河原を形成したのだ」

「それが大河原の地名の由来だったのだね」

「そのとおりだ。私の家はこの神社の下にある」

中山早苗はそう言って圭太の顔を覗いた。

「朝から歩きづめで疲れたろう。今日はここが終点だ」

中山早苗は坂道を下り始めた。

「宝物を見たいな」

圭太は中山家の家宝のことを惣一に聞かされていた。だが圭太の呟きは、中山早苗には聞こえなかった。

中山早苗の家族は、妻のお宮と十歳になる娘のお由である。それに惣一と圭太が交じって食事が始まった。囲炉裏《いろり》の赤い炎が五人の顔をてらてらと照らしていた。

中山早苗は多弁であった。次々に発せられる言葉は、この家の歴史を自慢げに語っていた。

「私のご先祖は鎌倉時代に諏訪から移って来て、この土地を拓いたと伝えられている。南北朝の時代には、お館としてこの地を取り仕切っていた。ご先祖はその頃には香坂高宗様に従っていたから、宗良親王様とも深い関係があった。宗良親王様が戦に出かける時には、ご先祖は一族郎党を引き連れて従軍したと聞いている」

「戦には弱かったのだね」

圭太は昼間の話を憶えていたのである。お由は圭太の顔を見てにこにこしていた。

「そういうことになるのかな。だが、ご先祖は神官だったから、宗良親王様を支えながら行く先々で神に祈りを捧げるのが主な仕事だった」

これには惣一が口を挟んだ。

「ご先祖は宗良親王様と直接会っていたわけだね」

「そのとおりだ。ご先祖は諏訪の出で諏訪神社と深い関係があった。その諏訪神社は、王朝の時代から皇室とは切っても切れない間柄にあったからね」

「諏訪神社の主神は建御名方命だったね。建御名方命は大国主命《おおくにぬしのみこと》の子だったとか……」

惣一は「古事記」の内容を思い出して話しかけて止めた。皇室と大国主命との関係については記憶が曖昧だったのだ。

圭太が無邪気に言った。

「見せてくれるという家宝は、それに関係があるの？」

圭太の声を聞くと、中山早苗は「はた」と自分の膝を手で打った。

「そうだった。家宝を見せる約束だった」

「私が持って来るわ」

お宮が立ち上がって、そのあとにお由が続いた。

文箱を手で捧げるようにして戻ったのは、お由であった。お由が早苗の前に文箱を置くと、あとから現れたお宮が白い布で文箱の上を拭った。

「埃が付いているわ」

「一年も開けなかったからな」

中山早苗が箱の蓋をそっと持ち上げた。中から出てきたのは一冊の本であった。表紙には「李花集《りかしゅう》上」「李花集下」という文字があった。

「これは宗良親王様の歌集の写本だ。ご先祖が写しておいてくれたものだ」

早苗が自慢げに言った。

「ほう！」惣一が声を上げた。「宗良親王様に自選の和歌集があるとは聞いていたけれど、その写本がここにあったとは驚きだね」

「私のご先祖は、代々これを家宝として守り抜いてきたのだ」

中山早苗が得意そうに言った。惣一は「李花集」の「上」の一冊を取り上げて表紙をめくってみた。

そこには薄墨の文字がびっしりと並んでいた。

「何て書いてあるの？」

圭太が惣一の顔を覗いた。惣一は「春の歌」と言って、一首目の歌を読み上げた。

春たつと
言ふばかりには霞めども
なお雪深し御吉野の山

「これは吉野に南朝の行宮《あんぐう》があった時の歌だね」

惣一の言葉に中山早苗が反応した。

「そうだ。吉野の景色を歌ってはいるが、その裏では南朝の『春』を待っている歌だ。宗良親王様の歌には、裏で何かを暗示しているものが多い。次の歌は私が読んでみよう」

久堅《ひさかた》の天の岩戸は霞むなる
神代に帰る
春のしるしに

「この歌は、世の中が神代の昔の姿に帰る願いを歌ったものだ」

「なるほど……」

惣一が頷いた。それは平田門人が共通に抱いている願いでもあった。

中山早苗が口調を改めて言った。

「私は明日は朝から神事のために家を留守にする。午後になれば大河原を案内できる。それまでに、この『李花集』に一通り目を通しておくがいい」

今朝よりは
霞ぞ閉づる天つ空
雲のかよい路春や来ぬらん

惣一は三首目を目で追って、「天つ空というのは神代のことを言っているのかな」と考えながら「李花集」を閉じた。惣一の胸は、「この歌集によって宗良親王様の心に触れることができる」という期待感でいっぱいであった。

その夜の惣一は、遅くまで行燈《あんどん》の下で「李花集」に目を通していた。惣一の脇では圭太が健康な寝息を立てていた。

どの歌も咀嚼できたわけではなかったが、「もう一首」「もう一首」と追っているうちに、上巻の半ばまで読み進めていた。

遠くの山が「ドドドッ……」と鈍い音を立てるのが聞こえた。「大河原の山が崩れているのかな」と考えてみたが、雨が降っていないのに崖崩れが起きるはずはなかった。

惣一が行燈の火を消すと、途端に部屋の中に闇が広がった。惣一は寝床にもぐりこんで目を閉じた。すると、闇の中に「ぼっ」と白く光るものがあった。それは白衣を着た人間の姿であった。

「誰？」

惣一はそっと声をかけてみたが、人物の正体は惣一には分かっていた。それは「李花集」の宗良親王であった。惣一はそれをぼんやりと見つめているうちに眠りに落ちた。

翌日の馬渕惣一は、朝から「李花集」の続きを読み始めた。圭太とお由は、「小渋川の河原へ行って来る」と言って出掛けた。

惣一が「李花集」を読み終えたのは、昼に近い時間であった。上巻は「春の歌」「夏の歌」「秋の歌」「冬の歌」、下巻は「恋の歌」「雑歌」となっている。惣一は半日の時間を、宗良親王の世界に浸っていたのであった。

八百九十九首を読み終えた時に、惣一の頭に残っていたのは、「宗良親王は自然の中で生きた人だ」ということであった。また、「こうでなければならない」「ああでなければならない」という漢ごころとは縁遠い、しなやかな大和ごころの持ち主でもあった。本居宣長の「朝日に匂ふ山桜花」に通じるものがあった。

読み終えて感慨に耽っていると、圭太とお由が外から帰って来た。部屋に入って来た圭太に惣一が尋ねた。

「河原はどうだった？」

「河原で石投げをして来た」

圭太は照れた顔を見せてから、「一句できた」と胸を張った。

大河原流れる水は春の道

「よい句じゃないか。おまえには歌の才能がある。忘れてはいけないから、紙に書き付けておきなさい。持ってきた半紙はまだ残っているだろう？」

「馬籠で一帖、座光寺で四帖をお土産に差し上げたので、まだ三帖残っています」

「その一帖を使えばいい」

その時に惣一が考えていたのは、宗良親王のことであった。宗良親王はどこへ赴く時にも筆と紙を持ち歩いたに違いない。でなければ、あれだけの膨大な歌を残せるはずがなかった。

昼食を済ませると、普段着に着替えた中山早苗が、

「さあ、出かけよう」

と惣一を誘いに来た。圭太とお由もそれに従った。

四方を山に遮られた青空には、雲一つ浮いていなかった。山の中腹のところどころに山桜が白い花を

咲かせていた。

　足元の若草を踏みつけながら山道を登っていくと、小渋川の流れを眼下に見る狭い平地に出た。

「ここが大河原城の跡だ」

　中山早苗が立ち止まって説明した。

「宗良親王様は井伊谷《いいのや》で戦に負けて、ここへ移って来られた。ここの城の主は香坂高宗様だった。香坂高宗様はこの城へ宗良親王様を丁重に迎え入れた」

「こんな狭いところにお城があったの？」

　圭太が不審そうに言った。

「天守閣のある現在のお城とは違って、当時のお城というのは、役所と武士の溜まり場と家族の居間を兼ねたような平屋が普通だった」

　圭太は平地の端に立って、目の下の小渋川の流れを見ていた。

「敵はこちらからは攻めて来られないね」

「そうだ。ここは小渋川を背にした要害の地だ。当時のお城にはこういう地形の場所が多い。香坂高宗様の墓がこの上にあるから、今度はそこへ行ってみようか」

　香坂高宗の墓は、坂の上の樅《もみ》の木の下に隠れるように建っていた。柵に囲われた自然石が墓石であった。石に彫り付けた文字を、中山早苗が指でなぞりながら声を出して読んだ。

「応永十四年三月二十七日に死亡と書いてある。応永十四年といえば、南朝と北朝が合体したあとだ。その頃には宗良親王様はすでにこの世の人ではなかった」

「宗良親王様はいつ亡くなられたの？」

惣一に訊かれて、中山早苗は「うーん」と唸った。

「私が聞いたところでは、元中《げんちゅう》年間の南北朝が合体する前、つまり香坂高宗様より十数年前に亡くなられたようだ。亡くなられた場所は、井伊谷、大河原、大河原の隣の入野谷《いりのや》などの説があるけれど、私は大河原の地であったと信じている。この上の御所平には宗良親王様の墓があるからね」

「御所平は遠いの？」

圭太の質問にはお由が答えた。

「二里あるわ」

「そんなところに、どうして宗良親王様のお墓があるの？」

圭太の質問に今度は中山早苗が答えた。

「ここは街道筋に近いから、いつ敵に攻められるか分からない。それで香坂高宗様の配慮によって、山奥に親王様のお住まいを移されたのだ。そのあたり一帯は御所平と呼ばれている」

中山早苗が顎で指した方向には、前山の重なりの間に雪で白い高山が聳えていた。

「あっ」

圭太の声に惣一の声が重なった。

「雪の山だ」

「あれは赤石岳だ。御所平というところは、あのような高い山に囲まれている。これから御所平へ向かうが、そこへ行く前に福徳寺へ寄ろう」

中山早苗が山道を戻り始めた。中山早苗が立ち止まったのは、石柱に囲まれた古い寺の前であった。

「これは福徳寺と言って、現在は無住だけれど、宗良親王の祈願所だったお寺だ。この中には阿弥陀如来と薬師如来が一緒に安置されている」

惣一は檜皮葺《ひわだぶき》の屋根を見上げて言った。

「宗良親王様は仏教の元締めの天台宗の座主《ざす》を務めていたことがあったのだったね」

「そうだった」

中山早苗は惣一の気持ちを汲み取って言った。

「本居宣長先生や平田篤胤先生が否定しているのは、幕府に政治的に利用されている現在のお寺や坊主であって、仏教そのものを否定しているわけではない。ここは宗良親王様の頃には天台宗に属していたけれど、現在は曹洞宗に属している」

「どうして宗派を変えたの？」圭太が尋ねた。

「詳しいことは分からないが、住職や檀徒の考えによるものじゃないのかな。あるいは、南朝が有利だと思えば南朝を支持し、北朝が有利だと思えば北朝を支持したお館衆と同じなのかもしれない」

「そういうものか」

この圭太の一言で会話は途切れた。

小渋川沿いの山道を辿る一行の上に、太陽がぎらぎらと照りつけた。やがて山道は二つに分かれた。

「こっちの道だ」

中山早苗の案内で、一行は小渋川沿いの道から離れて深い山の中へ入っていった。

「厳しいわ」

お由が悲鳴を上げた。

「頑張れ」

圭太が声をかけたが、自分に言い聞かせているようであった。

空が開けて山の中の緩い斜面に出た。四方は高い雪山に囲まれていた。

「ここだ」

中山早苗が立ち止まった。

「このあたりが御所平というところだ。あれが鳥倉山、あちらが豊口山、小河内岳、そして除山……」

中山早苗は次々に山を指差して、圭太の顔を見た。

「別天地だろう?」

「でも、こんな山の中では、生活するのに不便だったのじゃない?」

「不便だったかもしれない。しかし、このあたりの山の中には、宗良親王様のお住まいのほかに、従臣たちのお屋敷やお寺もあった。弓の練習をする的場もあった。木地師も住んでいて、このあたりの山はちょっとした村になっていた。それで平地ではないが御所平と言われている。宗良親王様にこういう歌がある……」

仮の宿
囲ふばかりの呉竹を

ありし園とや鶯の鳴く

「ここを仮の宿と言っているのだから、宗良親王様はいずれここを出て、京に戻るつもりだったのだろう。それが実現できなかったのが、宗良親王様の心残りだったのだろうな」

「鶯が鳴いている」

圭太が言ったが、お由に、

「ここへ来るまでずっと聞こえていたじゃないの」と言われて口を閉じた。

「幽棲の地というのは、こういうところのことだろうな」

惣一は宗良親王の気持ちを推し測って呟いた。

「この下には宗良親王様の墓がある。先程通った道沿いだ」

中山早苗はそう言って、先頭に立って山道を戻り始めた。しばらく歩いて、

「その上だ」

中山早苗が山中の草叢を指差した。

そこには高い基壇の上に、三段の石塔が安置されていた。塔の先は尖って天を突いていた。

「これは宗良親王供養塔と言われている。古いから石塔に苔が生えているだろう?」

「ええ」

圭太が塔にへばりついている苔を指でむしり取った。中山早苗が笑いながら説明した。

「その苔を煎じて飲めば万病に効く」

「本当？」

「私は子どもの頃に、風邪をひいて飲まされたことがあった」

「効いた？」

「効いたさ」

鶯の声があちこちの山で聞こえていた。鶯は互いに呼応しながら鳴いているようであった。惣一は「李花集」の中に鶯の歌が多かったことを思い出した。

第二章　南北朝の時代

1　宗良親王の霊

その日の馬渕惣一は、圭太と枕を並べて早めに寝た。四日間の強行軍と「李花集」の読みで、心身ともに疲れていた。

惣一はすぐに眠りについたが、夜中に尿意を催して目が覚めた。中山家の雪隠《せっちん》は庭先の小屋の中にあった。

惣一が庭に出ると、あたりの山は月光に照らされて白く光っていた。惣一が用便を済ませて母屋へ戻った時に、庭先の欅《けやき》の木の下にぼんやりと光っている人影があった。惣一にはすぐにその正体が分かった。

「宗良親王様……」

宗良親王は木の下に立って惣一を見ていたが、やがて右手を上下に振り始めた。衣の白い袖が一緒にひらひらと動いた。それは「こっちへ来い」という合図であった。

惣一の体はそれに釣られて親王の許へ吸い込まれていった。

気がついた時には、惣一は大蹟《たいせき》神社の境内の芝生の上に正座していた。宗良親王は拝殿の階《きざはし》に腰を下ろして、目を凝らして惣一を見つめていた。

「宗良親王様……」

惣一は呼びかけて息を呑んだ。その時になって、惣一には宗良親王の存在が不思議に思われたのである。

平田篤胤によれば、宗良親王はあの世の人である。あの世からこの世を見ることはできるが、この世からあの世の宗良親王を見ることはできないはずである。それなのに、自分にはあの世の宗良親王の姿が見えているではないか。

宗良親王は惣一の心を見透かしたように言った。

「何でも訊くがよいぞ」

「親王様にはこのところ何度かお会いしましたね」

「私はここ二、三日、おまえの周辺で過ごしていたからな。私は今はこの世からあの世を見ているのだ」

「あの世？」

「そうだったな」

宗良親王は薄く笑った。

「私のあの世は、おまえにはこの世だったな。おまえたちには、あの世の私の姿は見えないはずだが、私はこうしてこの世に姿を見せている」

「…………」

「訊きたいことがあるのだろう？」

拝殿の階《きざはし》に座った宗良親王の輪郭が、月光の下でしだいに鮮明になった。親王は直衣《のうし》を着用して、頭には烏帽子《えぼし》を載せていた。惣一は芝生に跪いて尋ねた。

「親王様の世界は、どのようなところでございましょうか？」

「いずれおまえも来る世界だ。おまえが私淑している平田篤胤は、この世界を幽冥界《かくりょかい》と呼んでいるのだろう？　ここには森羅万象の霊が住まっている」

「…………」

「父の後醍醐天皇も母の為子も一緒だ。武人の楠木正成《くすのきまさしげ》も新田《にった》義貞《よしさだ》も足利尊氏《あしかがたかうじ》もいる。ここ大河原で世話になった香坂高宗《こうさかたかむね》も一緒だ」

「戦《いくさ》はしないの？」

惣一の後ろで圭太が高い声を張り上げた。惣一が振り向いて見ると、いつの間にか圭太が芝生の上に座って、大きな目を宗良親王に向けていた。

宗良親王が笑って答えた。

「この世界では、名利《みょうり》の心が消えてしまっている。だから戦にはならない。私は足利尊氏とも語り合うことがある」

「…………」

「この世にいれば、自分の過去を遠くから冷静に見ることができる。南北朝の時代に、足利尊氏は南朝に勝つことを考えていたが、私は北朝に負けまいと考えていた。それで私は弱かった。そのことを足利尊氏と語り合って笑うことがあるのだ」

宗良親王は喉の奥で「コトコト」と低い音を立てた。

「昔のことを憶えておられるのですね」

「私にはその時々の歌があるから、忘れるということはない。私の一生は戦と歌との二人三脚であった。私の人生の諸事は歌によって私の胸に焼きついている。私が生きた世の中のことも歌によって胸に焼きついている」

「親王様の『李花集』を読ませていただきました」

その時の惣一は、目の前の宗良親王に身近な感情が湧き起こっていた。親王は、「それは嬉しいことだ」と言って尋ねた。

「私の歌はどうであったか?」

「私には咀嚼できない難しい歌もありましたが、親王様のお心は私の心に響きました」

「特にどの歌が?」

「そう問われれば難しいのですが……」

惣一は神社の裏の松林を見上げた。松林は月光に照らされて白く光っていた。

我を世にありやと問はば
信濃なるいなと答へよ
峰の松風

惣一が遠慮がちに答えると、宗良親王はため息をついて言った。

「その歌はこの地で詠んだものであった。あの頃の私は、世の中から忘れられつつある自分の身を嘆きながら、この山奥に隠れ住んでいた。『いな』は『伊那』で、この地のことであるが、『否』という意味でもある」

「大河原で詠まれたのですね」

「伊那であればどこでもよかった。私が言いたかったのは『否』だ。自分がこの世には存在しないということだ。この間のことであるが……」

宗良親王はためらってから続けた。

「この隣の村に常福寺という寺がある。あの寺は昔は松風峰大徳王寺と呼ばれていた。そこの檀徒の一人が寺の寄合いの席で、この歌は大徳王寺で詠まれたものだと主張していた。その証拠が歌の中の『峰の松風』にあるというのだ。松風峰大徳王寺だからね」

「詠まれたのは大徳王寺だったのですか」

「そういうことを問題にしてほしくはないのだ。『否』という私の心のありどころを読み取ってほしいのだ。かすかに聞こえる松風の音も聞き取ってほしい」

「………」

惣一の上を無言の時間が経過した。頭上を松風が渡っていた。その時惣一は思いついて尋ねた。

「親王様にとって特に思い出に残っている歌は？」

「私か……」

宗良親王は時間を置いて答えた。

思ひきや

手も触れざりし梓弓
おきふしわが身なれむものとは

「還俗《げんぞく》してからの私は、戦の明け暮れであった。弓矢に手を触れたこともない私だったが、還俗してからは常に弓矢と一緒の生活であった。だが私は本当のところは戦が嫌《いや》であった。兄の護良《もりよし》親王とは違って、気弱で殺生の嫌いな私は生涯出家の身でいたかったのだ。天台座主であった若い頃のままでいたかった。この歌の気持ちは私の一生に付いて回ったものだ」

「…………」

黙って頷いた惣一には、親王の気持ちが分かるような気がした。惣一は「李花集」の歌の中に、戦に翻弄されている親王の気持ちを読み取っていた。

宗良親王が階の上で身を前に乗り出した。

「馬渕惣一よ。私の思い出話を聞いてくれるか」

それは惣一の望むところであった。

「はい……」

惣一は芝生に頭を擦りつけた。

冷たい風が惣一の頭の上を渡っていた。それは松林の中に発生して、小渋川の河原に向かって流れる風であった。

私は十五歳の時に、京の八坂《やさか》にある比叡山延暦寺別院の妙法院の門主を継いだ。寺の中で仏道修行に明け暮れる生活は、私の気持ちにぴったり副うものであった。

歌人であった母為子の影響で、私は事に寄せて歌を詠むことがあったが、それらの歌の大半は、その後の戦乱と放浪の生活の中で散逸してしまった。

父後醍醐《ごだいご》天皇に宮中へ呼び出されたのは、私が二十歳になった春のことであった。帝《みかど》との対面は側近の者を退けて行われた。久し振りに拝謁した帝は、以前より血色がよくなっていた。

「比叡山はどうか？」

帝は開口一番に問いかけた。私は妙法院の門主を務めていたが、生活の大半は比叡山延暦寺で過ごしていた。

「私の心は仏の教えで満たされております」

「そうであったか」

後醍醐天皇は顔を綻ばせて言った。

「おまえはこれから延暦寺で天台座主《てんだいざす》を務めてほしい」

「はあ……」

唐突な話であったが、私には呼び出された時からその予感があった。だが、現在座主を務めている兄の措置が気掛かりであった。

「兄者《あにじゃ》はどうなるのですか？」

「尊雲《そんうん》か。あれは還俗させて、護良《もりよし》親王として私の傍に置くことにした。このことの意味は分かるか？」

帝は私を近くに引き寄せて、耳元でひそひそと話し始めた。それは鎌倉幕府を倒す計画であった。これも私が漠然と想像していたことであった。

この計画は数年前に一度頓挫していた。計画段階で幕府の六波羅探題《ろくはらたんだい》にばれて、計画の中心になっていた公家が、一網打尽に検束されるという事件があった。その情報は比叡山の私の耳にも入っていた。

この計画の発端になったのは、鎌倉幕府の政治の乱れであった。当時の幕府を統括していたのは、執権の北条高時《ほうじょうたかとき》であったが、高時は田楽や闘犬に凝って、そのうえ飲酒に溺れて政治を顧みることがなかった。そのために幕府内には賄賂《わいろ》が横行していた。また、高時は自分の贅沢な生活を維持するために、御家人に高い租税を課した。それで武士の間にも幕府に対する不満が充満しつつあった。

天皇親政を考えていた後醍醐天皇が、その状況を見逃すことはなかった。側近に命じて幕府に反感を抱いている武士の掌握を始めたのだったが、その初期の段階で六波羅探題に計画を嗅ぎつかれてしまった。

「その時の倒幕計画は失敗であったが、私は倒幕を諦めたわけではない。時はいよいよ熟している。おまえには天台座主として比叡山の僧兵をまとめてもらいたい。兄の尊雲の手がけた仕事の仕上げをやってほしい」

それを聞いた私の気持ちは複雑であった。帝の命令に従うのは当然のことであるが、私には僧兵をまとめることに自信がなかったのだ。兄の尊雲（護良親王）は武芸全般に優れた座主であったが、私は武芸にはまったく自信がなかった。そういう私の気持ちを察したのか、帝は私を哀れむように見て言った。

「心配することはない。現在は日野俊基《ひのとしもと》が中心になって、全国の同志と連絡を取り合っているところだ。その中には北畠親房《きたばたけちかふさ》や楠木正成のような優れものもいる。それらの武士が立ち上がった時に、比叡山の僧兵はそれを支えてくれればよい」

「はい……」

私の返事を聞くと、帝は続けて熱っぽい口調で語り始めた。その内容は帝が以前から唱えていたことであった。

幕府の武力に支配されている今の世の中を、平安朝の延喜《えんぎ》・天暦《てんりやく》の頃の政治、つまり醍醐天皇の時代の政治に戻さなければならないというのである。

「あの頃の土地と民は公地公民で、誰の私物でもなかった。それを保障していたのが天皇を中心にした朝廷であった。武士はその際の番犬であった。その番犬が武力によって土地と民を私物化して鎌倉に幕府を打ち建てた。幕府は最近は朝廷の政事《まつりごと》にまで口を出すようになっている」

帝に憤懣の口調が表れたのは、最近になって幕府に天皇の退位を要請されていたからである。執権北条高時は、幕府に忠実な持明院統《じみょういんとう》の量仁《かずひと》親王を天皇の位につけようとしていた。大覚寺統《だいかくじとう》の後醍醐天皇にとっては、同じ天皇家の血筋であっても、それは我慢がならなかったのだ。そういう事情は、比叡山にいた私も聞いていていた。

帝の話を聞きながら私が心に浮かべていたのは、

「この国は神々がつくった国だ。その神々の心のあり方を正統に受け継いでいるのは、歴代の天皇を中心にした皇室だ」

ということであった。それは私が子どもの頃から言い聞かせられて来たことであった。その神々の心をないがしろにして、土地と民を私物化している幕府は、私にとっても赦せない存在であると思われた。

私は護良親王のあとを継いで、尊澄法親王《そんちょうほうしんのう》として天台座主に就任した。仕事は忙しくなったが、自然に囲まれた比叡山の生活は、私の心を落ち着かせるものであった。

そういう中で、常に心にかかっていたのは、倒幕の計画がどうなっているかということであった。京へ降りた僧侶からの情報を総括してみれば、日野俊基が諸国を巡行して組織した味方の武士を京に集めて、倒幕の相談を進めているということであった。

「六波羅に漏れれば大変なことになる」

私はその情報に接するたびに、不安の心を持て余した。今度漏れれば前回の時のようなわけにはいくまい。帝にまで被害が及ぶのではないかという心配が私にはあった。

それは杞憂ではなかった。突然幕府の大軍が京へ押し寄せて、皇居を取り巻いたのである。どこから倒幕の秘密が漏れたのかって？　それは天皇の側近の吉田定房《よしださだふさ》によってであった。

吉田定房は「ここで倒幕運動を起こしても勝ち目はない」と判断して、事を穏便に済ませるために、六波羅へ計画の秘密を知らせてしまったのだ。

六波羅ではそれを受けて鎌倉の幕府へ情報を流した。鎌倉ではそれを聞いた執権北条高時が激怒して、京へ大軍を派遣したのであった。

そういう幕府の動きを事前に察知した護良親王の計らいで、後醍醐天皇は京をひそかに抜け出して笠置山《かさぎやま》へ向かった。「天皇は比叡山に立てこもっている」という噂を流して。

この噂を信じた幕府軍は、矛先を比叡山に向けた。私は戦の役には立たなかったが、護良親王の指示によって比叡山の僧兵はよく戦った。

ところが、後醍醐天皇と信じて護っていた人物が偽者であることがばれたために、僧兵は「だまされた」と怒って戦から手を引いてしまった。比叡山に天皇の代理の藤原師賢《ふじわらもろかた》を立てたのは護良親王の戦略であったが、僧兵にとっては、姑息な手段によって皇室に利用されたと思ったのだ。

幕府軍もその事情を探知すると、今度は攻撃の刃《やいば》を天皇のおられる笠置山に向けた。私も天皇のあとを追って笠置山へ駆けつけた。護良親王はいつの間にかどこかへ姿を晦ましていた。

その頃には笠置山も幕府軍に包囲されたので、私は帝と一緒に笠置山から抜け出そうと図ったが、結局は捕らわれの身となった。

さして行く
笠置の山を出でしより
あめが下には隠れ家もなし

これは帝がその時に詠まれたものだ。天下に隠れ家もないというお言葉には、その時の帝の痛恨の気持ちが表れているであろう？　その心情は私も同じであった。

この時に捕縛されたのは、皇室では後醍醐天皇、尊良《たかよし》親王、それに私の三人であった。私たちは一度は京に幽閉されたが、その後幕府によって配流になった。後醍醐天皇は隠岐《おき》へ、尊良親王は土佐へ、私は讃岐《さぬき》へと流されたのであった。

「讃岐ではご苦労されたのですね」

惣一が言うと親王は首を横に振った。

「私は一年余、讃岐の松山の里で土豪の詫間《たくま》三郎に護られて暮らした。一族の者は皇族である私を丁重に扱ってくれた。詫間三郎はときどき私の前に顔を出して、世の中の動きを伝えてくれた」

「そうだったのですか」

「一年が経った頃、詫間三郎から聞いたのは、帝が隠岐を抜け出して船上山《せんじょうさん》に立てこもったこと、逃亡していた護良親王や楠木正成が、倒幕に向けて再び立ち上がったこと、それに同調して、足利尊氏や新田義貞などの有力な幕府御家人が幕府の北条高時に反旗を翻し、鎌倉幕府と六波羅を襲撃したことなどであった」

「時代が一挙に動いたのですね」

「そうだ。それは本当にあっという間の出来事であった。時代が動くというのはそういうことなのだ。それで帝は京の内裏《だいり》に戻って、念願の政治を始められた。平安朝以来途絶えていた天皇親政を復活したのだ。私も京に呼び戻されて、再び比叡山で天台座主に就任した」

「それも親王様の念願だったのですね」

「私はずっと天台座主でいたかった。しかし、公家と武家との間に軋轢《あつれき》があって、天皇の親政は円滑には運ばなかった。また、当初から帝と足利尊氏の間には確執があった。その原因は、帝が尊氏を征夷大将軍として認めなかったことだ。尊氏には自分で幕府を打ち建てる野望が見え隠れしていたから」

「そうでしょうね」

「そこからのことは端折るが、様々な反目と戦いを経たあとで、足利尊氏は天皇方の新田義貞や楠木正成を追い出して、京を自分の支配下に置いてしまった」

「尊氏は戦上手だったのですね」

「帝も皇居に閉じ込められた。身に危険を感じられた帝は、京を離れて比叡山に皇居を移されることになった。その準備に私が宮中を訪れていた時のことだ……」

語り始めた宗良親王の額には、悲痛のたて皺が表れていた。

2　後醍醐天皇の政治

私は皇居にいた懽子《きんし》内親王《ないしんのう》の手招きで庭園に誘われた。五月晴れの空の下で、赤い花をつけたツツジの陰に、私は懽子内親王と並んで腰を下ろした。

帝には十数人の内親王があって、言葉を交わしたことのない人が多かったが、懽子内親王とは歌の関係で親しくしていた。

ツツジの藪陰でこっそりと交わされた話の内容は、内親王の愚痴であった。その話の最中に、皇居の森では時鳥《ほととぎす》の声が聞こえていた。

それは普段聞く時鳥の声とは違って、泣き叫ぶような声であった。内親王の語る言葉の合間を縫って、時鳥の声は間断なく続いていた。

時鳥
いつの五月《さつき》のいつの日か
都に聞きし限りなりけん

これは後になって、山の時鳥の声を聞いて私が詠んだものだが、あの時に内親王と一緒に聞いた時鳥の声は、なぜか私の耳から離れない。

内親王と何を話したかって？　それは帝のことであった。帝のお気に入りで日頃帝と接して暮らしていた内親王が、無邪気に自分の思いを語って、私がそれを頷きながら聞いていたのだ。

「新しい大内裏の造営計画が間違いの発端だったのだわ。帝は大内裏の造営によって朝廷の権威を全国に示そうとしたのよ。そのために重い税を課すことになった。また、そのために大量の紙幣を発行したことが、物価上昇の原因になった」

そのことは私も聞いていた。重い税は最終的には民の負担に転嫁される。鎌倉幕府の倒幕に協力した御家人は、執権北条高時に重税を強いられて民の反発を受けていた。幕府御家人の足利尊氏や新田義貞の反逆によって、鎌倉幕府が倒れた最大の原因はそこにあった。

「帝は世の中を一挙に延喜・天暦と同じ状態に戻そうと考えたのよ。すると現実と合わないことが出てくるでしょう？　それで『今の例は昔の新儀なり。朕《ちん》が新儀は未来の先例たるべし』と力説していたけれど、これは帝の強がりではないの？」

「そうか」

「それに倒幕の最大の功労者の足利尊氏を、帝は警戒して遠ざけたのよ」

「尊氏なし、か……」

「世間ではそう言われているようだわね。帝は雑訴決断所、記録所、恩賞方、武者所などをつくって自分の手で政治を始められた。でもその中のどこにも足利尊氏を位置づけなかった。尊氏なしの政治なのね。それで尊氏は勝手に奉行所をつくって、倒幕に功績のあった武士の論功行賞を始めた。帝はそういう尊氏を警戒したのだわ」

「それも聞いている」

「皇室を支える武士の中にも、そういう状況を心配して帝に諫言《かんげん》した人が二人いたわ。聞いている？」

それは私にとって初耳であった。黙っている私の前で、内親王が次の言葉を発するまでには時間があった。その間にも時鳥の悲痛な叫び声は続いていた。

「それは楠木正成と北畠顕家《きたばたけあきいえ》の二人だった。帝が二人の声に耳を傾けていれば、事態はこのようにはならなかったのに……」

内親王はそれから声をひそめて、私の耳元でぽつりぽつりと語り始めた。

足利尊氏と敵対した帝は、事態が行き詰まると、新田義貞を大将に任命して足利尊氏の討伐を図ろうとした。楠木正成もその討伐軍に入っていたが、彼は出陣の前に帝にこう諫言したということだ。

「足利尊氏は帝の下で重用すればよいと思うのですが。そうすれば帝の政治はこれからも続けることができるでしょう。ご許可をいただければ、尊氏との交渉は私が受けてもよいと思っています」

これを聞いた帝の側近の公卿《くぎょう》は、いっせいに声を上げて笑った。

「楠木正成は足利尊氏が怖くなったのか」というのだ。

だが、帝は真面目な顔で正成を見つめて言った。

「不思議なことを申すではないか」

正成は臆することがなかった。

「鎌倉幕府を滅ぼした第一の功労者は、何といっても足利尊氏です。新田義貞も功労者ですが、今でも足利尊氏を慕って多くの武将が足利に従っております」

「それはなぜか？」

正成が答える前に、公卿の一人が怒鳴り声を上げた。

「足利尊氏が考えているのは、武家が政権を握って幕府を打ち建てることであろう。そうすれば朝廷はどうなるか。世の中を元に戻した時に帝や私たち公家はどうなる？　帝にあの苦しみをまた味わわせようというのか」

「そういうことではない。私が言っていることは世の中の安定のためだ。そして北条高時のような失態を繰り返さないためだ」

だが楠木正成の口上は、側近の公卿たちによって芥子粒《けしつぶ》のように吹き飛ばされてしまった。

後醍醐天皇が苦労して切り開いた建武の政治である。それによって世の中が本来の姿に戻ったという感覚が、公家の中には共通にあった。それに大半の公家は、武士は自分たちの番犬であるという感覚を払拭できなかった。その頃の私も同様な感覚を持っていた。

「もう一人は北畠顕家。ご存知のように顕家は北畠親房の子で、足利征伐の戦に向かう前に帝に書状を出したのです」

と内親王は続けた。北畠顕家が父親の薫陶を受けた優れた武人であることは私も聞いていた。

「その書状の中で、顕家は『今より以後三年は、偏《ひとえ》に租税を免じて民を憩《いこ》わしめよ』と書いたというのです。そうやれば民は黙っていてもついてくる、帝に反対する武士もついてくると書いたということです」

「………」

「北畠顕家は二十歳になったばかりというのに、帝に対して思い切ったことを書いたものね」

「反応はどうだった？」

「それが……」

内親王は言葉を詰まらせた。

「宮中では北畠顕家を相手にする人は一人もいなかった。でも今になってみれば、楠木正成や北畠顕家の言葉の意味を噛み締めている公卿はいると思うの」

「帝はどうだろう」

「帝はどのような事態にあっても、一度打ち出した自分の方針を曲げるようなお人ではないわ。帝はどのような事態にあっても負けることを知らないお人だから」

「それはそうだ」

「このたび帝は京から離れることになったけれど、そのうちに戦に勝って京へ戻ることを考えていると思うわ」

時鳥
いつの五月のいつの日か
都に聞きし限りなりけん

帝は比叡山に逃れて、そこを拠点に再起を図ろうとしたが、そこも足利の軍に囲まれてしまった……。


馬渕惣一が尋ねた。

「親王様は後醍醐天皇の政治をどう見ておられたのですか？」

「私は……」

宗良親王は階の上で立ち上がった。

「私は祈っていた。帝と尊氏の対立、公家と武家の対立、武家と武家の対立、そういうものが解消されるようにと。そういう時に内親王の話を聞いて、帝の抱えている問題の在《あ》り処《か》が分かったように思った。しかし、自尊心の強い帝が、楠木正成や北畠顕家の忠告に耳を貸すはずはないと思った」

「足利尊氏については？」

「足利尊氏は、世の中の動きや武士が置かれている状況を熟知していた。だから大勢の武士が尊氏に従った。人は自分を理解してくれる人に付いていくものだ。しかし尊氏は狡猾なところのある男だ。その後、後醍醐天皇と和睦して、京へ呼び戻した帝を花山院《かざんいん》に軟禁したではないか。それで帝は再び京を出られることになった。そういう帝の留守を狙って尊氏は京に北朝を建てて、自分は念願の征夷大将軍になった」

その時、遠くの山で「ドドドッ……」という地鳴りの音が聞こえた。雨が降っていないのに小渋川の崖が崩れたのであろうか。惣一がそれを口にすると、宗良親王が顔を柔和に綻ばせて言った。

「あれは山がため息をついたのだ」

「ため息？」

「自然もため息をつくことがあるのだ。どれ……」

宗良親王は神社の階から地面へそっと降り立った。惣一はその時に、宗良親王に二本の脚があるのを確認していた。

3　足利憎し

馬渕惣一が立ち上がると、今度は自分の体内で「ドドドッ……」という音が響いた。惣一の体を戦慄が走った。

気がついてみると、惣一の体は大河原城の跡地にあった。惣一は圭太と並んで城の礎石に腰掛けていた。惣一の目の前には、宗良親王が石の上で膝を抱えて惣一と圭太を見つめていた。

宗良親王は唇を横一文字に閉じて、細い眼で優しく笑っていた。その表情が月の光でくっきりと浮かび上がった。それは温和で品格のある高貴な人の顔であった。

惣一は「古事記」を思い浮かべた。この世をつくった神々から生まれた天照大神。その子孫に当たる宗良親王。歴代の天皇の皇位継承は必ずしも円滑だったわけではない。そこには何度か殺伐とした事件があった。だが目の前に鎮座している宗良親王は、何と穏やかな品格を全身から醸していることであろうか。

宗良親王が涼やかな声で言った。

「ここは大河原城のあったところだ。私はここを本拠に生活した年月が長かった。大河原の地は、私にとっては京に次ぐ第二の故郷だ」

「大河原を本拠にしていたのは何年間でした？」

「三十年余になるのかな」

「吉野からここへ移られたのですか？」

「そうではない。伊勢、井伊谷《いいのや》、それからあちこちに滞在して、何度か負け戦を経験して、七年を経てたどり着いたのがここ大河原であった。私は吉野の帝の許を離れて僧衣を脱いで還俗したが、それからの私の人生の大半は戦と逃亡の年月であった。当時の私の敵は足利尊氏、それに足利直義《ただよし》の兄弟であった」

「天台座主でおられたかったというのに」

「そのことよ……」

宗良親王は惣一の方へ身を乗り出して話し始めた。

私は足利尊氏、直義の兄弟に強い憎しみを抱いていた。というのは、兄の護良親王が彼らに理不尽に殺されたのが原因であった。

兄の護良親王は、帝の命令で鎌倉の足利の許に出向していた。その護良親王が北条高時の遺子時行《ときゆき》の引き起こした騒乱に紛れて、足利によって殺されてしまった。手を下したのは足利直義であった。

それだけではない。帝が比叡山へ移ると、尊氏は持明院統の光明《こうみょう》天皇を立てて、北の朝廷（北朝）をつくった。尊氏は自分の言いなりになる朝廷を勝手に樹立したのだ。そして光明天皇の綸旨《りんじ》を盾に、大軍をもって比叡山に猛攻を加えた。

足利尊氏はそのあとがまた卑劣であった。比叡山の帝の軍勢が孤立無援に陥ると、尊氏は帝に和睦を申し入れた。そして親切面《づら》をして帝に京への帰還を求めた。

だがこれは尊氏のしたたかな陰謀であった。尊氏は京へ帰った帝を花山院に幽閉した上で、三種の神器を北朝の光明天皇に譲るよう強要した。帝はかねてから用意してあった偽物を渡して、本物の神器を携えて花山院を脱出して吉野へ遁れた。

この一事を見ても、足利尊氏がいかに卑怯な男であるかが分かるであろう？　私が法衣を脱いで足利と戦う決意をしたのは、帝の命令でもあったが、尊氏に対する反感が直接の動機であった。

その頃には南朝を支持する勢力は、この国の各地に散在していた。伊勢では北畠親房がそういう勢力を結集していた。その親房を支えるために、私は帝の命を受けて伊勢に下った。

伊勢にはしばらくいた上で、今度は遠州一円を固めるために井伊谷へ赴いて、井伊道政の世話になることになった。

井伊道政の城は遠州に数ヵ所置かれていたが、私が御座所にしていたのは山の上の三嶽城《みたけじょう》であった。三嶽城では吉野から伴って来た従臣たち、それに地元の志津《しづ》という中年女性の世話になった。三嶽城から見下ろした浜名湖の景色は美しかった。今でもくっきりと目に浮かべることができる。

夕暮は
湊もそことしら菅《すげ》の
入海かけて霞む松原

はるばると

朝みつ潮の湊舟
漕ぎいづる方はなお霞みつつ

私は井伊道政の治めている土地を巡視して歩いた。戦に備えて地勢を頭に入れるためであったが、巡視の折には自分が周囲の自然にすっぽりと浸っている喜びがあった。

井伊道政の家族は、山裾の平地にある井伊城に住まっていた。私はときどきそこへ顔を出すことがあった。そこで鶴姫との邂逅があったのだ。

私が道政との会談を終えて外へ出たところで、庭の楠の大木の下で私を見つめている若い娘を発見した。まだあどけなさを残した娘の清楚な姿を見た途端に、私の胸にはときめくものがあった。

私は娘をじっと見返した。娘の色白の顔がたちまち赤く染まって、娘は慌てて楠の幹の裏に姿を隠した。

「あれは誰？」

私はさり気なく従臣に尋ねた。従臣からは即座に返事があった。

「井伊道政殿のご息女に違いない」

「そうであったか」

私はそう言っただけであったが、娘の姿は三嶽城へ帰るまで私の頭を離れなかった。帰って早々に私は志津を呼んで尋ねてみた。

「道政殿の息女は何人いるのか？」

「鶴姫様お一人でございます」

「鶴姫というのは何歳になる？」

「十五歳とお聞きしております。年頃でございますね」

志津は私の顔を見て、意味ありげな微笑を口元に浮かべた。あの楠の木の下にいた娘が鶴姫であることは間違いなかった。

この時をきっかけに、私は足しげく井伊直政のいる井伊城へ通うようになった。目的は道政との会談であったが、私の眼が捜し求めていたのは鶴姫の姿であった。

鶴姫が私の視野に入ると、私の心は小魚のようにぴちぴちと躍った。そういう時の鶴姫は顔を赤らめて、私に軽い会釈をして物陰に消えるのであった。

寝ては見え
寝でも忘れぬ面影を
夢ばかりにはいかがすべきか

それまで僧籍にあった私は、自分が抱いた恋心に戸惑っていたのだ。私にはこういう歌もある。

契りしは夢ならばこそ
夢にてもせめて見ゆやと

まどろみもせめ

私は夢の中でしばしば鶴姫と契っていたのだ。そういう私の気持ちを敏感に感じ取ったのは、私に仕えていた志津であった。志津が私の前に来て、

「親王様のお気持ちを鶴姫様にお伝えしましょうか」と言ったのだ。

「うむ」

私は考え込むふりをしたが、隠しておくことはなかった。私は筆を持ってしばらく考えて、

「これを……」

と歌を一首色紙に綴った。

思ふより
ほかなる心通ふらし
うちぬる人の夢の枕に

この歌に対して鶴姫の返歌があった時には、私の胸ははじけそうであった。

思ひわび
わが名もよそに立ちにけり

私と鶴姫の噂は、その頃には周囲に広まっていたのだ。鶴姫はそれを察知して、私に「恋の辛さをいかがなすべき」と問いかけていた。

私は従臣に鶴姫への想いを語り、鶴姫の返歌を見せた。

「これはめでたいことです」

従臣はそう言って私の前を引き揚げた。

従臣は直ちに道政の家臣と相談し、道政の同意を得て、婚儀の手はずを整えてくれた。それは僅か一ヵ月の間のことであった。そのあとのことは語る必要はあるまい。


各地では南朝方の武士と北朝方の武士との衝突が頻繁に起きていた。その情報は山伏によって吉野の朝廷に伝えられ、井伊谷の私にも伝えられた。

北畠顕家が京で足利尊氏の軍を破って、足利尊氏が九州へ遁れてからは、北畠顕家はしばらく下野《しもつけの》国《くに》に下っていた。だが、足利尊氏が九州で兵をまとめて再び京を占領すると、北畠顕家は京の奪還を目指して下野国を出立した。

北畠顕家は武蔵国で足利方の軍を破り、引き続いて鎌倉に突入して、足利尊氏の子義詮《よしあきら》の率いる軍を追い払った。そのうえで京に向けて行軍を始めた。

井伊谷に待機していた私は、浜名湖岸で北畠顕家の軍に加わった。井伊道政をはじめ遠江《とおとうみ》の土豪が一緒であった。

北畠顕家の軍の中に、旧鎌倉幕府の北条時行が同行していたのは、私の予想外のことであった。鎌倉幕府滅亡の折に、北条一門は絶滅したと言われていたが、執権北条高時の子の時行は、信州に逃れて諏訪頼重に匿われていたのだ。時行はその後、鎌倉で騒乱を起こしたが、足利尊氏に鎮圧されて再び信州に逃れていた。

北条時行と一緒に行動してみると、彼の抱えている感情が、鎌倉幕府の御家人でありながら幕府を裏切った足利尊氏に向けられていることが分かった。それで時行は帝に懇願して朝敵免除の綸旨を受け、北畠顕家と一緒に鎌倉攻めを行ったのであった。

その頃の武将の行動原理は、自分の利益であることが圧倒的に多かった。自分の領地を確保し、それを更に広げるために戦ったのだ。その典型が足利を支持する武将たちであった。そういう中にあって、北条時行の行動は、足利尊氏と直義に対する恨みであり復讐であった。それは私に共通する感情であった。

北畠顕家の軍勢は、青野原で足利方を破ったが、その頃には兵は重なる戦いと長旅で疲れ切っていた。続いて伊勢、伊賀を経て奈良へ入り、京へ攻め上る計画であったが、奈良の般若坂《はんにゃざか》と摂津の天王寺では足利の軍勢と交戦して敗退した。

天王寺の戦いで敗れた時に、北畠顕家が私に言った。

「これからは、なお厳しい戦いになるでありましょう。親王様には吉野で帝の護りをお願いしたい」

私はそれを聞いて躊躇した。それは自分だけが安全圏へ遁れることを意味していたからだ。だが私は吉野の帝の姿を思い浮かべて、北畠顕家の言葉を受け入れた。

吉野の帝に身を寄せた私の許へ、間もなく北畠軍の消息が伝わって来た。石津で足利方の軍と戦って敗退し、北畠顕家が戦死したというものだった。顕家が私に吉野を勧めた時には、顕家はこの事態を予測していたのであろう。

吉野の行宮《あんぐう》へ上った私は、終日帝の傍で生活していた。このようなことは、生まれて初めてのことであった。そういう生活の中で、帝の考えていることが、私にも徐々に明らかになってきた。

帝が構想していたのは、強力な中央集権の国家であった。朝廷の権威の下に、この国の民が自由に生産活動や商業活動に従事できる国づくりであった。それは帝が造詣の深い宋の国のかたちに似ていた。ところが、足利尊氏に代表される武家勢力は、生産の元手になる土地と民の奪い合いが目的であった。

足利尊氏の戦略は、「足利の味方をすれば領土を安堵する」というものであった。多くの武将はそれが目的で足利尊氏に従属を誓った。土地の安堵は租税による収入の確保であり、配下のお館衆の生活の保障にもつながっていた。

そのようにして土地と民の奪い合いを繰り返していた武家への反感が、帝の強い信念を支えていた。「土地も民も神からの授かりもの。それを護るのが、神の子孫としての皇室の役目である。足利尊氏などはその番犬に過ぎないではないか」

これは帝の口から何度か聞かされた言葉であった。私は足利憎しの気持ちで還俗したのであったが、帝の姿に接する中で、この国のあり方についても考えるようになった。

建武の政治の時に、帝は紙幣を発行して物価の混乱を招いたと懽子内親王に聞いていた。だが帝の立場に立てば、大陸の銅銭がこの国の市場を支配している中で、この国独自の貨幣の流通によって、経済活動を活発にすることを目指していたのであった。

そういうことが明らかになると、私の心の中に変化が起こった。天皇親政に対する切実な願いであった。

あきらけき
御世の春知る鶯も
谷よりいづる声聞こゆなり

これがその頃の私の心境であった。私は天皇の御世の復活を心から望んでいた。

だが護良《もりよし》親王、尊良《たかよし》親王、恒良《つねよし》親王、成良《なりよし》親王は戦いで相次いで死亡し、南朝の大黒柱であった新田義貞も燈明寺畷《とうみょうじなわて》で戦死し、引き続いて北畠顕家も戦死した。天皇親政の立役者であった楠木正成は、何年か前に湊川の戦いで戦死していた。

そういう中で頼りになるのは、北畠顕家の父北畠親房であった。親房の皇室崇拝の意思は揺るぎのないもので、

「本当の戦いはこれから」

が口癖であった。「今こそ全国の皇室支持の武士を結集しなければならない。その上で、京に攻め上って足利を滅ぼさなければならない」

北畠親房の戦略というのは、具体的にはこういうことであった。

「北畠顕信（顕家の弟）は義良《のりよし》親王を奉じて陸奥《むつ》へ赴く。宗良親王は遠州で井伊道政と共に東国の兵を結集する。満良《みつよし》親王は四国の土佐で兵を集める。懐良《かねよし》親王は九州で兵を集める。そうやって各地の武士を糾合した上で、時期を見て一斉に京へ攻め上る」

帝はこれを一も二もなく支持し、私は帝の命を受けて遠州へ向かうことになった。出立に先立って、私は桜の苗を一本吉野の山に植えた。

行く末に
誰が植えしとひと問はば
その名ばかりや花に残らん

その頃の私は戦での死を覚悟していた。私の死後には、この地に吉野桜が一本残るであろうという気持ちであった。

出発の時には、北畠親房の手配によって、伊勢の大湊に五十隻の大船が用意されてあった。私たちはそれぞれの方面を目指して船に分乗した。その時には兵士の意気は軒昂であった。

だが船が遠州灘に差しかかった時に、空の雲行きが怪しくなった。真っ黒い雲の塊が海原からこちらへ向かって押しかけ、大粒の雨が落ちてきた。その雨に強風が伴って海上は激しい嵐になった。

私の乗った船は嵐に翻弄されて、人間の力ではどうすることもできなかった。私は嘔吐の苦痛に耐えながら、船底にうずくまっていた。

「元寇《げんこう》の時の嵐というのは、これと同じだったのではないか」

と考えながら。とするならば、私はこのまま海の藻屑になるのであろうか。

嵐に翻弄された二昼夜のあとで、船は夜明けの海岸へ打ち上げられた。白々と夜の明けた砂浜へ降りた私は、兵士と一緒に砂地の上で仰向けになっていた。立ち上がる気力も失せていた。

そこへ村人が三々五々集まって来た。私たちを遠巻きにした村人に、

「ここはどこか？」

北条時行が辛うじて声を出した。村人の一人がおずおずと答えた。

「遠江の白羽《しろは》の港です」

「井伊のお城は？」

村人は遠くの低い山並を指差して言った。

「あちらです」

それを聞いて兵士の中に歓声が上がった。船は図らずも目的地の近くに漂着したのであった。私たちは疲れ切った体を引きずって井伊城を目指したのであった。

私は井伊道政に丁重に迎えられた。井伊道政は遠江で私の留守を護っていたのである。だが、そこで私を待っているはずの鶴の姿はなかった。私が井伊を発って間もなく病死していたのだ。私は今度は無常の嵐に晒されることになった。

慣れにけり
二たび来ても旅衣
同じ東の峰の嵐に

私は峰の嵐の音の中に、鶴の声を聞いていた。

その頃の足利尊氏は、北朝から征夷大将軍の綸旨を受けて、幕府の体制は名実共に整っていた。その尊氏の野心をへし折るためには、南朝はこれまで以上に頑張らなければならなかった。

私は井伊谷にいて、東海、中部、関東の勢力拡大を構想していた。そのためには、遠江の天野、奥山、駿河の狩野《かのう》、三河の足助《あすけ》などと連携し、信濃の香坂、諏訪、滋野《しげの》、仁科《にしな》、それに越後の新田《にった》一族と手を結び、横のつながりを確かにする必要があった。

その手はずを整えていた時に、井伊城は幕府の高師泰《こうのもろやす》の率いる軍の猛攻撃を受けた。攻撃は井伊城から大平城に及び、持ち堪えるのが精いっぱいであった。

そういう戦いの最中に、吉野から「後醍醐天皇崩御」の知らせがあった。だがこれは俄かに信じられることではなかった。

そこで私は吉野にいる四条隆資《しじょうたかすけ》に手紙を書き送った。手紙の中に井伊谷の紅葉の葉を一枚入れて。

思ふにも

なお色あさき紅葉かな
そなたの山はいかがしぐるる

これに応えて隆資から歌が返ってきた。

この秋の
なみだを添へて時雨にし
山はいかなる紅葉とかしる

「なみだを添えて時雨れている山」は帝の崩御を意味していた。後醍醐天皇の崩御は本当だったのだ。この歌を届けた山伏に、私は後醍醐天皇の最期を聞くことができた。

後醍醐天皇は夏の初めに体調を崩した。帝にはその頃から死の予感があったのであろうか。皇位を十二歳の義良《のりよし》親王（後村上天皇）に譲って、「朝敵征伐」の遺勅を宗良親王、懐良親王、それに北畠親房などの諸臣に書き残した。そして吉野の行宮で崩御されたということであった。

その時に天皇は右手に剣を持ち、左手に法華経を捧げて、

「玉骨はたとへ南山の苔に埋まるとも魂魄はつねに北闕の天を望まんと思ふ」

という言葉を残したということであった。後醍醐天皇らしい壮絶な最期であった。

その頃に私はこういう歌を詠んでいる。

おくれじと
思ひし道もかひなきは
この世の外の御吉野の山

帝の崩御によって、私の心の中でがらがらと崩れるものがあった。だが、私は帝の遺勅を実現しなければならない立場にあった。戦から手を引くわけにはいかなかった。

その頃には、北条時行は信濃に赴いて、諏訪《すわ》頼継《よりつぐ》と共に南朝支持の武士を集めていた。その武士を伊那の大徳王寺城に結集したところ、それに気づいた北朝方の信濃守護小笠原貞宗の軍に包囲されてしまった。敗北が明らかになった時には、北条時行はどこかへ姿を消していたということであった。

それと同じ時期に、井伊谷の最後の護りであった三嶽城が落城した。私も北条時行と同じように、井伊谷から姿を晦まさなければならなかった。

井伊谷を出た私に付き随っていたのは、僅か三十人ほどの従臣であったが、私は父後醍醐天皇の護りを固く信じていた。その気持ちをこの歌に表したつもりだ。

ひとり行く
旅の空にもたらちねの

遠き護りをなお頼むかな

宗良親王の朗詠の声が山に響き渡った。そのあとの静寂を破って、圭太が唐突に声を出した。

「それでここへ逃げて来たの？」

宗良親王は軽く笑って、

「逃げることだけが目的ではなかった」と言った。

「後醍醐天皇の遺勅を受けて、地方の南朝軍を糾合するために諸国を渡り歩いたのだ」

「どこを？」

「駿河、甲斐、信濃の浅間山麓、越後、越中と渡り歩いて、それからここ大河原へ来たのだ。その間には何度か北朝方との競い合いがあったが、南朝の負け戦が多かった」

「大変でしたね」

惣一が共感のため息を漏らした。すると圭太が再び無遠慮な声を出した。

「それなら歌もたくさん詠まれたのでしょう？」

「たくさんの歌がある」

宗良親王が頷いて、そのあとに空白の時間が流れた。

ひとすじに思ひさだめぬ
八橋のくもでに

身をも嘆くころかな

「これは三河に伝わる八橋の蜘蛛の伝説のように、あれこれと八方に気を配っているその頃の自分の身を嘆いたものだ」

月光に照らされた宗良親王の表情には、遠い記憶の流れがあった。宗良親王は再び語り始めた。

駿河の狩野貞長《かのうさだなが》の許に、護良親王の子の興良《おきよし》親王が身を寄せていたので、私は興良に会うために駿河に立ち寄った。

そこの宿にいて富士の煙を見上げると、それが朝餉《あさげ》の煙と同じに見えて、感慨深いものがあった。私はそれを歌に詠んで京の二条為定《にじょうためさだ》に贈ったことがあった。

見せばやな
語れば更にことのはも
及ばぬ富士の高嶺なりけり

富士の高嶺の気高さは、言葉に尽くせるものではなかった。それを従兄の為定に見せたいと思ったのだ。

駿河を出て甲斐にたどり着いた。甲斐の国では、白須の松原というところでしばしの休憩をとった。

白須の松原は釜無川に沿って広がっていた。その松の緑が、青空と白砂に挟まって茫洋と霞んでいた。それを見ていると、父後醍醐帝を失った孤独が募るのであった。

かり初めの
ゆき甲斐路とは聞きしかど
いざやしらすの待つ人もなし

信濃の浅間山の麓にたどり着いたところで、駿河から送って来てくれた人を帰した。その時に次の歌を駿河の君に託した。この君というのは、駿河で親しくしていた女性のことだ。その君への想いは私の胸の中で消えてはいなかった。

富士の根の
煙を見ても君問へよ
浅間の嶽はいかが燃ゆると

信濃から越後に移った。越後では新田一族の厚遇を受けて、寺泊《てらどまり》でつい長居をしてしまった。寺泊の空を北方へ帰っていく雁の声を聞いていると、自分が帰ることのできない京の空を思い出すのであった。雁の故郷は越後と聞いていたが、本当の故郷はまだ遠くにあったのだ。

古郷と聞きし
越路の空をだに
なおうら遠く帰る雁がね

越中での滞在も長くなった。越中の冬は雪と共にやって来た。何かにつけて思い出すのは故郷の京のことであった。

都にも時雨やすらむ
越路には
雪こそ冬のはじめなりけれ

数ふれば
七とせも経ぬ
頼みこし七の社のかげを離れて

その頃には、私が京を出て七年が経過していた。心頼みにしていた京の山王七社は、その後どうなっているか。戦乱で焼かれてしまっているのだろうか。それを考えると心細い限りであった。

その頃、信州の諏訪頼継と香坂高宗から、

「こちらへ来ないか」

という強い誘いがあった。北条時行も大徳王寺城の戦いに敗れてからは、諏訪の地に遁れているということであった。

私に与えられた後醍醐帝の遺勅は果たせていなかったが、私はその誘いを受けて信州を本拠にするつもりで腰を上げた。私が向かったのは、香坂高宗の支配する山深い大河原の地であった。

ここ大河原の地は諏訪と井伊谷の間にあって、山の中を一本の街道が縫って通っている。遠州の井伊道政との連絡の便がよかったことも、大河原の地を選んだ理由であった。

4　御所平

宗良親王は空を見上げて、「ふっ」とため息をついた。

いづかたも
山の端近き柴の戸は
月見る空や少なかるらん

「ここは昔も今も同じような情景だが、これは私がここ大河原の山奥で詠んだ歌だ。私はあちこちと渡り歩いたが、四方を山に囲まれたこのような狭い空は初めてであった。それだけに夜空の月や星は、私の目に格段と新鮮に映った」

宗良親王の言葉につられて、馬渕惣一と圭太は空を見上げた。冴え冴えとした月が、四囲の山を明るく照らしていた。その背後の空には、砂をばら撒いたような星空が広がっていた。

「中津川の空はここよりずっと広いなあ」

圭太の一言で、惣一は中山早苗に聞いた話を思い出した。

「親王様が大河原に留まっておられたのは、ここが敵にとって攻めにくい土地だったからでしょうか？」

宗良親王からは間を置いて返答があった。

「この街道筋は、その頃は皇室、貴族、寺社などの荘園が多かった。お館と呼ばれた土豪は、租税を皇室、貴族、寺社などの領主に納めていた。それを取り仕切っていたのが香坂高宗であった。そのことによってお館の土地は安堵された。そういう事情があって、この街道筋のお館は、皇室と関係の深い南朝を支持していた」

「そうだったのですね」

「ところが同じ伊那でも天竜川の西の広い平地は、信濃守護の小笠原貞宗が支配していた。その支配を保障していたのが足利の幕府であった。幕府は北朝を支持していたから、伊那の地は南朝と北朝の接点でもあったわけだ」

「どちらが強かったの？」

圭太の直截な質問に、宗良親王は口元で軽く笑って答えた。

「私が大河原へ来た頃には、五分五分というところであったかな。伊那には北朝方の領土が多かったが、士気は南朝も見劣りはしなかった。それで衝突が絶えなかった」

「いつも負けたのですってね」

圭太の無遠慮の言葉にも、宗良親王の落ち着いた口調は変わらなかった。宗良親王の発する言葉が、月光の中でちらちらと白い粉のように舞っていた。

「戦には勝った時も負けた時もあったが、私の軍は最後には敗北してここ大河原へ逃げ帰った。このことは私の軍が弱かったということになるね。

私は征東将軍として上野《こうずけ》、武蔵、越後などで、南朝軍の士気を鼓舞しながら何度か北朝軍と戦ったが、ここ大河原に籠っていた月日が多かった。大河原の北隣の大草に滞在していたこともあった。

そういう中で決定的だった戦は、世に武蔵野合戦と言われるものだ。この合戦を説明するには、足利幕府の内紛を話さなければなるまい。

足利幕府は一つにまとまっていたわけではなかった。幕府ができるまでは結束していた足利だったが、私がここに住むようになった頃には、足利尊氏と弟の足利直義との確執が表面に出ていた。

尊氏は狡猾ではあったが、おっとりした幅のある性格であった。その反対に直義は直情径行であった。兄の護良親王を殺害したのも、直義の直情径行がなせる業《わざ》であった。そういう直義に対して、尊氏は以前から批判的であった。逆に直義は尊氏に生ぬるさを感じていたようだ。

二人の対立は、尊氏が執事の高師直《こうのもろなお》を重用したことから始まった。しきたりにとらわれない高師直は、尊氏にとっては用いるのに都合がよかったのであろう。直義はそういう高師直をいつの頃からか憎むようになっていた。そのことを兄の尊氏に諫められて、直義は尊氏に反発して内紛が持ち上がった。

その結果、大きく分ければ、「尊氏・尊氏の子の義詮・師直」対「直義」という構図が出来上がった。

その対決が避けられない状況になると、直義は尊氏に対抗するために南朝に和睦を申し入れた。南朝には異議を申し立てる者もあったが、南朝の形勢を立て直すためにこれを受け入れた。

尊氏の軍と直義の軍は、摂津の打出浜で激突して一度目は直義が勝利したが、二度目は近江で戦って尊氏が勝利した。敗れた直義は鎌倉へ逃げた。

すると今度は、尊氏が南朝方へ和睦を申し入れて来た。南朝には以前に尊氏に騙された経緯があったので、この申し入れを断り続けたが、尊氏の再三の要請についに応じてしまった。尊氏はこれによって、子の義詮を京に残して鎌倉へ発つことに心配がなくなったのだ。

勢いを得た尊氏の軍は、鎌倉の直義の軍を破って、捕らえた直義を毒殺してしまった。こうして幕府の軍は、鎌倉にいる尊氏の軍と、京に残してあった義詮の軍とに二分された。

南朝はこの好機を見逃さなかった。鎌倉の尊氏と京の義詮を同時に攻めて、足利を殲滅しようと図ったのだ。この計画の裏には北畠親房がいた。

そこで帝から私に、鎌倉討伐の綸旨が下った。その時に詠んだ歌が、生涯にわたって私につきまとった気持ちを表したものだ。

　思ひきや
　手も触れざりし梓弓
　起き臥し我が身なれんものとは

私は糾合した東国軍と信濃軍を引き連れて、鎌倉を目指して武蔵国に兵を進めた。それを見て、尊氏は一度は鎌倉から逃れたが、態勢を整えて府中で南朝軍に立ち向かって来た。この戦はそれまでになく激しいものであった。私はこの戦いで命を棄てる覚悟を余儀なくされた。

　君がため世のため
　何か惜しからん
　棄てて甲斐ある命なりせば

これはその時に、私が兵士の前で詠んだ歌だ。兵士の士気を高めるためのものであったが、自分を鞭打つための歌でもあった。
　正直に告白すれば、その頃の私は戦というものに漠然とした疑問を抱くようになっていた。「何のための戦か」と考えることがあったのだ。「これではただの領土の奪い合いではないか。南朝軍も北朝軍と変わらないのではないか」と。

　ということは、私が後醍醐帝の遺勅に割り切れない気持ちを抱き始めたということでもあった。だが、その気持ちを外に出すことはなかった。

　南朝軍は死力を尽くして北朝軍と戦ったが、結局は敗北。引き続いて武蔵の小手指原《こてさしはら》や金井原で再度挑戦したが、これも激戦の末に大敗してしまった。

　私は信濃の残兵を引き連れて大河原へ引き上げた。同行していた北条時行は相模に逃げたが、間もなく北朝軍に捕らえられて殺された。

　一方の京では、北畠親房を首領とする南朝軍が京を攻めて、一度は足利義詮を京から追い出したが、義詮は再び戻って南朝軍を破って京を回復した。後村上天皇は三種の神器を持って吉野の奥の賀名生《あのう》へ遁れた。

　大河原へ戻った私は、京の苦戦を聞いて、救援のために大河原を発ったことがあったが、途中で敗戦の報に接してここへ戻った。その頃には南朝の将来を見限ったのか、南朝に属していた武将が、南朝を裏切って北朝に鞍替えを始めていた。


　圭太が高い声で尋ねた。

「どうして裏切ったの？」

「南朝についていたのでは、自分の将来がないと思ったのだ。それに……」

　宗良親王はためらってから続けた。

「これは後になって分かったことだが、各地の土豪にとっては、自分の土地を安堵してくれた上に、租税の安い勢力に付くのが得策だからね」

それを聞いて惣一は考え込んだ。そういうことであれば、お館にとっては時の勢いに乗っている幕府についた方が得策であるに違いない。過去のいきさつがどうであれ、南朝に義理立てする必要はないであろう。

そういう惣一の思いを察したのか、宗良親王が落ち着いた声で言った。

「お館など土豪と呼ばれた人たちは、その頃には自立志向が強くなっていた。自分を護るためには幕府の権力に屈服して、朝廷の権威を必要としなくなっていたのだ。私がそのことに気付いたのは、後になってからのことであったが……」

行く末を
猶もたのまでさのみなど
世を憂きものと恨みはつらん

私は変わり行く世の中を嘆きながら、足掛け三年にわたって、信濃、越後を中心に、なおも南朝方の武士の糾合を続けた。そういう中でしばしば武力衝突があって、その都度私は大河原へ逃げ帰った。

悲しかったのは、賀名生の地で北畠親房が病死したことだ。北畠親房は南朝の大黒柱で、南朝の戦略は親房によるものが多かった。親房は私にとっては歌の友人でもあった。楠木正成、新田義貞、北畠顕家、北条時行、それに続く北畠親房の死は、私にとっては自分を支えてくれていた太い柱を喪失したのと同じであった。

信濃で敵方に追いつめられていた私には、最後の決戦の時を迎えているというせっぱつまった気持ちがあった。それで諏訪氏と謀って、松本府中に本拠を置いていた信濃守護の小笠原貞宗に戦いを挑むことになった。この戦いに勝てば、信濃を拠点に南朝の未来が開けると考えたのだ。

だが、この勝負は戦う前から分かっていたようなものだ。小笠原貞宗は北朝方の大軍を結集して、南朝軍を松本府中の手前で待ち受けていた。

諏訪から突き進んだ南朝軍は、桔梗ヶ原で北朝軍と激突した。しかし北朝軍に圧倒されて、主将であった諏訪の矢島正忠を失った南朝軍は、ばらばらと諏訪へ逃げ帰ることになった。

私？　私が逃げ帰ったのは、またもやここ大河原であった。この合戦の敗北のあとで、信濃の武将は相次いで南朝を離れて、残った有力な武将は、香坂氏、仁科氏、知久《ちく》氏、桃井《もものい》氏など僅かなものになった。

それからの十九年の歳月を、私はここ大河原で過ごした。香坂高宗の心尽くしによって、この山奥の御所平の館に匿われていたのだ。

御所平での十九年の歳月は、あとになってみれば、あっという間であった。長い年月が私の記憶を薄めてしまっているのかもしれない。

「御所平には昨日行って来ました」

惣一の言葉を圭太が補った。

「深い山の中だった」

「あそこは私が遁れていた場所であった」

宗良親王はそう言って、

「これから行ってみる？」と惣一と圭太の顔を見た。

「ええ」惣一と圭太が同時に返事をした。

「それなら……」

宗良親王の声と共に、惣一の体内で「ドドドッ……」と山の崩れる音が鳴り響いた。それは圭太も同じで、惣一が横目でちらっと見た圭太は、全身を棒のように突っ張って立っていた。

惣一と圭太は、山中の緩い傾斜地に立っていた。松の枝の隙間からは月光がちらちらと地面に降り注いでいた。

その光の中で、地面に女の子が背中を向けて座っていた。

「待っていたわ」

振り向いたのはお由であった。

「どうしておまえがここに？」

圭太が責めるように言ったが、お由の返事はなかった。

惣一と圭太が地面に腰を下ろすと、坂の上から宗良親王の声が聞こえた。

「これで揃ったね」

と言ったのである。宗良親王は地面に座って膝を抱いていた。

「ここに十九年もおられたのでしたか」

惣一には「こんな山の中に」という言葉が省かれていたが、宗良親王はそれを察して言った。

「香坂高宗がここに小さな館を建ててくれてね。それでこのあたりは御所平と呼ばれていた。私はここでお舟という婆さんの世話になった。吉野から連れて来た従臣は、この周りに小屋を立てて住まっていた」

「村のようになっていたのですね」

惣一の言葉にお由が付け足した。

「このあたりには木地師が何人も住んでいたのですってね」

「そうであった。木地師は身分が朝廷につながっていたので、私は木地師の方々に大変にお世話になった。それから……」

親王はお由の顔を見つめて言った。

「香坂高宗の世話で、知久一族の娘と一緒になった。朱鷺《とき》という名前で、これがそなたによく似ていた」

「私に？」

「下膨れの愛嬌のある顔立ちであった。私を慕って大事にしてくれたが、お腹に子を宿して知久の実家に帰った。その時に生まれた子が尹良《ゆきよし》親王で、尹良親王は後々まで私の面倒を見てくれた」

圭太がおどけたしぐさでお由の顔を覗き込んだ。「おまえが親王様の奥方にねえ」と言いながら。

宗良親王が笑って続けた。

「私が娶った女性は、井伊谷の鶴と大河原の朱鷺であった。ところが、父の後醍醐帝には大勢の女性がいて、親王十六人、内親王十六人があった。そのために、一度も会ったことのない内親王や、顔も憶えていない親王が何人かいた」

お由の唾《つば》を呑み込む音が聞こえた。

「これも後になって気がついたことであったが、父の帝が大勢の親王を儲けたのは、それを全国各地へ派遣して、この国を制覇しようと考えていたからだ。私もその一人であったが、派遣された親王は戦死したり自害したりして、気がついた時には私一人が残されていた。後醍醐帝の跡を継いだ後村上天皇も、私がここにいる時に四十一歳で崩御された」

「そうでしたか」

惣一には宗良親王の痛ましい気持ちが分かるように思った。この山奥の生活では、支援してくれる香坂高宗一族がいても、一人で孤独を噛み締めて生きるしかなかったのであろう。

宗良親王の言葉が続いた。

後村上帝も恵まれない一生であったな。幕府に追われて河内、摂津と行宮《あんぐう》を次々に移していた。私が大河原へ逃げ込んだのと同じようなものだ。

そういう中で、後村上天皇からは大河原にいる私に再三の呼び出しがあった。しかし、私はその都度支障ができて、西上を果たすことができなかった。

めぐりあはん
頼みあるべき君が代に
独り老いぬる身をいかんせん

これは大河原の私が、後村上帝に届けた歌だ。その頃の私には、自分が老いの時を迎えているという自覚があった。だが、老いを口実にここを動かなかったことも否めない。
後村上天皇のあとを継いだのは長慶天皇であった。長慶天皇も幕府に追われて次々に行宮を移し、最後に落ち着いたところは吉野であった。私は山伏によってそのような情報を耳にしながら、ここ大河原を動くことができなかった。

草も木もなびくとぞ聞く
この頃の
世を秋風と嘆かざらん

この靡《なび》いている草や木が、各地の土豪を指していることは分かるであろう。それに重ねて私自身にも、気持ちの上で大きな変化が起きていた。それは草木の靡きと同じようなものであった。

その頃の私は、後醍醐帝の遺勅に無条件に従っている私ではなくなっていた。その原因は戦に対して疑問を持ったからであったが、それまで見たことのなかった民の生活が、私の目に見えてきたことによるものでもあった。

私は香坂高宗の案内で、大河原の各所を巡行するようになった。香坂高宗には、皇族の私に民の様子を見せようという意図があったようだ。

ある民家を訪れた時のことであった。夏の暑い盛りで、家の土間では蚕《かいこ》が飼育されていた。香坂高宗に、

「蚕を飼っているところを見ていただきたい」

と言われて出かけたのであっが、私の目に飛び込んだのは、不気味な虫が無数にうじうじと蠢《うごめ》いている姿であった。異様な臭いの漂う土間の中は、「ざあざあ」と雨の降るような音で満たされていた。

「蚕が桑の葉を食べている音です」

香坂高宗の説明を聞いて、私はとっさに歌を口にした。

　　厭《いと》はしな
　　親の飼ふこのいぶせきも
　　かかる伏せ屋の習いと思へば

蚕への厭《いと》わしい気持ちを、自分に納得させようと詠んだものであったが、香坂高宗は気色ばんだ声で、

「親王様……」と言った。

「この蚕がやがて繭になって、その繭が生糸になり、機《はた》で織られて絹布になるのです。親王様の着けておられる直衣《のうし》もそうやってできたものです」

「そういうことか」

「織った絹布は租税として差し出され、皇族や公家方に使われているのです」

「そうであったか。厭わしいなどと言ってはならなかったな」

「ここで仕事をしている人は、自分の作った絹布を一生身につけることがないのです。ご覧のように、粗末な麻や木綿の着物を着ております」

香坂高宗のこの一言で、私は未知の世界に目を開かされた。蚕の様子は二度と見ることはなかったが、そういう目で民の生活を見れば、民が作っている作物にも、住まっている家にも共通するものがあった。

民は自分では粟、稗、芋などを食して、米の飯を口に入れるのは、一年に数えるほどしかなかった。米は租税として差し出してしまうからだ。住まいも掘っ立て小屋で、土間に藁や茣蓙《ござ》を敷いて生活していた。礎石の上に柱が建っているのは、お館と呼ばれる土豪の家だけであった。

一般の民はお館の土地を耕して、その収穫の一部の支給を受けて生活していた。山中に土地を開墾して自分の耕地を持とうと図る人もいたが、それはたちまち露見してお館に没収された。後醍醐天皇の考えておられた自由な生産活動とは程遠いのが実情であった。

そのようにして、生きることに懸命な民の生活を見ていると、

「領主とは何であったか」

という疑問が、私の頭に浮かんで来るのであった。

領主であり続けることを目指し、領土を広げることを目指して、何十年も土地の奪い合いを続けて来た武人たちであったが、考えてみれば、私も征東将軍としてその一角に属していたのだ。

そのような発見は私を憂鬱にした。戦があれば動員されて、戦場の前線に立たされるのは、このような民なのである。戦場で無造作に殺されて、名も残らないのもこのような民なのである。

天皇の親政であれ幕府の政治であれ、このような民の生活を保障するのが政治の役目だったはずである。後醍醐天皇は親政を目指していたが、そこまで考えておられたかどうか。また、足利を中心した幕府は、民の生活のために心を砕いているのかどうか。

そのように考えると、自分の人生の意味が問われるのであった。私はここの館の庭に面した床に座して、そんな思いに耽ることがあった。

山ふかみ
世のひとことも聞こえぬに
何を空蟬《うつせみ》鳴き暮らすらん

山ふかみ
陰の朽木となりぬれば

言の葉さへも色なかりけり

これは私の正直な気持ちであった。だが、「言葉も色あせた」と言いながら、歌に寄せる私の気持ちは色あせることがなかった。

従兄の二条為定から、京で勅撰《ちょくせん》和歌集「新千載集」の編集が始まるという情報が私に届いた。そこで私は、自分の歌を二条為定に書き送った。私は自分の歌に自信を持っていたし、二条派の為定であれば、私の歌を何首か推薦してくれるであろうと思っていた。

ところが、この和歌集にも幕府が口を出した。「南朝関係者の歌は載せない」と決めたのである。以前に編まれた「風雅集」の時には、和歌の大御所であった二条為定も、南朝と関係があるという理由で選者から漏れたことがあった。

考えてみれば、私が本当に心を寄せて生きていたのは、三十一文字の歌であった。歌と戦の二人三脚は、どちらかというと歌に比重が置かれていた。それが私の生きている証《あかし》でもあった。

「公家は歌に生き武家は武に生きる」

これは歌人であった母為子に、幼い頃に言い聞かせられた言葉であった。

この「歌」というのは、歌心による平和な世の中、つまり文治の政治を意味していた。それに対して「武」は、武家による武断の政治を意味していた。

南朝には私と同じような軌道を歩いている人が何人もいるに違いない。それなのにその人たちは、「武」の幕府によって勅撰和歌集から外されてしまっている。これを棄てておくわけにはいかないというのが、私が吉野へ上る決意をした直接の動機であった。私にとっては三十六年ぶりの吉野であった。

5　李花集《りかしゅう》

幕府は政権の基盤が固まると、何度か南北朝の統一を画策したが、それまでの経緯のために実現は容易ではなかった。その頃の幕府は、弱体化した南朝を攻撃することの無意味を自覚し始めていた。そういう状況にあったので、私の吉野行きは僅かな供を同行しただけで、道中に危険を感じることはなかった。

三十六年ぶりの吉野の山々は、木々の芽が萌えて、山のあちこちには桜が花を開いていた。吉野は大河原とは違って気候も温暖であった。

吉野の行宮を訪れる前に私が直行したのは、以前に私が手植えした桜の場所であった。あの時の桜はすでに大木になって、薄桃色の花をびっしり付けていた。

吉野の行宮に近付くと、私の姿を発見した公家が、

「宗良親王様が見えた」と騒ぎ出した。

京や吉野で苦楽を共にした人は数えるほどしかいなかったが、ほのかにお香《こう》の漂う行宮の空気は私に昔を思い出させた。

同じくは
共に見し世の人もがな
恋しさをだに語り合わせむ

私は帝の御座所に案内されて、御簾《みす》越しに長慶天皇に拝謁した。長慶天皇は私に顔を向けて、

「宗良親王であるか」と若やいだ声をかけられた。「よく無事であったな。宗良親王は何歳になったか？」

「六十四歳になりました」

「長い間の遠征、大変にご苦労であった。苦しいことが多々あったであろう」

「はあ……」

「為定にそちの歌を何首か見せてもらったことがある。このたびの吉野入りは歌集の編纂のためとか……」

「南朝の和歌集をと考えて、信州の山奥から出てまいりました」

「この地では作歌の指導、それに歌合せなども催してほしい。多くの者がそれを待ち望んでいる」

長慶天皇は二十歳前のはずであったが、落ち着いた人柄が感じられた。その頃の私は、かつての後醍醐天皇の激しい気性に疎ましい感情を抱いていた。

翌日からは公家や武家が、歌を携えて私のところへ押しかけて来た。自分の歌を歌集に入れてもらう

ためであった。私はそれを使って作歌指導を行ったり、時には歌合せを催したりした。南朝五百番歌合せはその一つであった。

私が最初に手がけたのは、大河原で集めた自分の歌を、「李花集《りかしゅう》」としてまとめることであった。私が若い時に務めていた式部卿は唐名《からな》を「李部《りほう》」と言ったので、「李花集」には「李部親王の歌集」という意味を持たせたのであった。

「李花集」が完成に近付くと、自分の昔の歌をとおして、いろいろと考えさせられることがあった。例えば、吉野に着いて真っ先に見た桜の歌である。

行く末に
たれが植えしと人問はば
その名ばかりや花に残らん

この「桜」は、「李《すもも》」と置き換えてもよかった。私が死んでも「李花集」はこの世に残るであろう。現にあれから五百年余を経て、そちに「李花集」が読まれているではないか。

私はその頃千首の歌（信太《しのだ》の杜《もり》千首）を詠んだが、最も力を注いだのは「新葉和歌集」の編纂であった。私は南朝の人々の心が、「新葉」となってこの世に残ることを願っていた。この歌集には後醍醐天皇、後村上天皇、長慶天皇をはじめ、親王、内親王、関白、公卿、緒臣などの歌千四百二十首を網羅した。

その編集の間に一度大河原へ帰ったことがあったが、再び吉野に上った私は、歌合せなどの催しは断って、金剛寺に近い山田の里に閉じこもった。そうやって「新葉和歌集」の歌の世界に埋没していると、私は「この歌集が完成すればこの世に心残りはない」という心境になっていた。

完成した「新葉和歌集」は、長慶天皇によって准勅撰の綸旨をいただいた。私は吉野へ来た時から、「これが出来上がったら信州へ帰る」と考えていた。故郷の京を失った私にとっては、信州が唯一の故郷であり死に場所であった。

すべての仕事を終えた時に、私は長慶天皇にお暇《いとま》を申し上げた。長慶天皇は私の口上を聞いて心細い声を出された。

「どうしても帰るのか?」

「はい」

「宗良親王にはここに骨を埋めるつもりはないのか?」

「信州へ帰る私の決意には変わりはございませぬ。それに私は出家したいと考えております」

御簾の向こうには、うつむいて考え込んでいる天皇の姿があった。天皇はつと顔を上げて口を開いた。

「宗良親王の決意は固いのだな。そういうことであれば仕方あるまい。しかし、そなたがいなくなれば吉野は寂しくなる」

若い天皇の表情は固かった。御簾越しにその顔を見た私は、信州へ帰る決意を改めて自分に言い聞かせなければならなかった。

時鳥
そなたの空に通ふならば
やよや待てとことづけしましを

これは長慶天皇の御製である。「そなた」とは私のことである。天皇は私に「やよや待て」という気持ちを棄てられなかったのであろう。天皇もまた孤独だったのである。

私は吉野の里への執着を振り切って、山の時鳥の声を聞きながら信濃の大河原へ向かった。

大河原では、地蔵峠で香坂高宗の一行が私を出迎えてくれた。私が帰ることは山伏によって伝えてあったので、地蔵峠で野宿しながら待機していたのであった。

「お待ち申し上げておりました」

高宗は私の前で跪いて言った。

「このところ、ずっと親王様をお待ち申しておりました」

私は香坂高宗の表情が、以前とは異なっていることに気がついた。武将らしい頬肉の逞しさが薄れて、眼差しがどこか寂しげであった。

その日は大河原城で私の歓迎の酒宴が設けられた。大勢の客人の前で、私は問われるままに吉野で和歌集の編纂に携わったこと、それが完成してこちらに戻って来たことなどを語った。

自分の「李花集」も披露した。その時に、「李花集」を手に取って興味深げに覗いていたのが、中山早苗の先祖の彦六であった。

「こちらはこのところ、すっかり様変わりしてしまいました」

おもむろに話し出したのは、私の前に陣取って座った香坂高宗であった。冴えない表情で私の顔を見つめながら話した内容は、伊那ではこの街道筋以外の土地の大半が、小笠原勢に侵食されてしまっているということであった。

「天竜川の東の土地も、親王様のお留守に小笠原の支配下に鞍替えを始めたところがあります。親王様の後ろ盾を失った私は、兵を出すこともできずに、薄氷を踏む思いで月日を過ごしておりました」

「そういうことであったか」

私は自分が出家したことを話さなければならなかったが、香坂高宗の縋り付くような眼を前にして、それを告げることがためらわれた。

酒宴が終わって客人が帰ったあとで、私は香坂高宗に打診した。

「御所平で暮らしたいと思っているが、館はあのままになっているのか」

「お舟がずっと管理してくれていました。館にはいつでも住めるようになっているはずです」

「そうであったか」

私の脳裏に御所平の館のたたずまいが浮かび上がった。あのあたりの木々は、今頃は谷間から吹き上げる秋風に晒されていることであろう。

竹の葉分けにもる月の
影定まらぬ夜半の秋風

私は翌日から山深い御所平の地で生活を始めた。生活は以前と変わることがなかったが、心の中に燻《くすぶ》っていた幕府や北朝の影は消えていた。
折に触れて私の頭を横切るのは、かつて詠んだ自分の歌であった。山の景色を見るにつけ鳥の声を聞くにつけ、自然に昔の歌が口をついて出てくるのであった。

あやなしと言わぬばかりぞ梅の花
咲ける軒端の
春の夜の月

これは朧月夜に、あるお館の住まいを訪ねたが、あるじが留守だったので、あとで見てほしいと梅の枝に結び付けておいた歌だ。

こと問はん
人には告げよ時鳥
我世の中に有りとばかりは

御所平の館にいて、訪ね来る人もないので、人恋しくなって時鳥に向かって呼びかけたものだ。「われを世にありやと問はば信濃なるいなとこたへよ峰の松風」とは違っているが、これもまた私の本心であった。

今よりはもの思へとや
萩の葉にあつらへつくる
秋の初風

山里の景色が物悲しくなった折、萩の葉に当たる風の音を聞いて詠んだものだ。

よそに見し
高嶺の雲の冴え冴えて
我が衣手に触れる白雪

御所平の冬は、ちらちらと雪の舞っている日が多かった。その雪が衣手に降りかかるのは何とも言えない風情があった。

新たな歌も詠まなかったわけではない。私の頭の中には次々と歌が浮かんだが、それを書きとめることはしなかった。家集の「李花集」をつくったことで、私は歌を文字にとどめることをしないで、歌を自分の心の世界の中に埋没させていた。

歌は突然天から降って来て、私の胸にしばらくとどまって、それからまた天へと抜けていった。尊敬する西行《さいぎょう》法師《ほうし》と同じ世界に、私はどっぷりと浸っていた。西行法師の言葉は自分の言葉になっていた。

「花を読むとも実に花を思ふことなく、月を詠ずれども実に月と思わず。ただこの如くして、縁に随ひ、興に従ひ、読みおくところなり」

大河原で三度目の秋を迎えた。私が出家したことを知って香坂高宗は驚愕したが、それからは戦のことを口にすることはなかった。高宗に行き会う頻度もめっきり落ちた。

秋晴れの続いたある日、香坂高宗が御所平の館を訪ねて来た。供の者が三人付いているだけであった。その時に香坂高宗の口から出たのは、

「諏訪神社へお参りにまいりませぬか」という言葉であった。

「諏訪神社？」

その頃の私は、年齢のせいか遠出が億劫になっていた。私が返事を渋っていると、香坂高宗は苦笑いしながら言った。

「戦の相談に出かけるのではありませぬ。諏訪神社へのお参りでございます。お参りのついでに温泉に浸かってくるのもよろしいでしょう」

「そうだなあ」

その時に私の頭に浮かんだのが、以前に見た諏訪湖の風景であった。

諏訪の海
神の誓いのいかなれば
秋さえ月の凍りしくらん

「出かけよう」

私は即断して返事をした。後ろで喜びの声を上げたのは、中山早苗の先祖の彦六であった。

「私が諏訪神社と連絡を取って、ご参拝の準備を進めます」

「そうしてくれぬか」

かつての自分の歌を思い出した私は、諏訪行きに乗り気になっていた。

「だが、この弱った体で諏訪まで行けるかどうか」

「心配はご無用でございます。以前に使っていたお輿《こし》を用意いたします」

香坂高宗のはずんだ返事であった。

以前、外へ戦に出掛ける時には、私は戦場まで輿に乗っていくことが多かった。それが戦の旗印としての私の役目であることを承知していた。「これは私事の戦ではない。親王の宣下による戦である」という意味であった。それも遠い思い出になっていた。

それから二日を置いて、私は香坂氏、知久氏、桃井氏などを引き連れて街道筋を北上した。総勢は五十人ほどであった。

私は輿の上にいて、鹿塩峠、大徳王寺城のある集落などを懐かしく眺めていた。北条時行が大徳王寺城にこもった頃の記憶は、すでに昔のことになっていた。

集落を抜けて広い平原に出た頃には、穂をつけたススキの原に太陽の光が斜めに降り注いでいた。私は以前にここを通って詠んだ歌を思い出した。それは霧の張っている秋の夕暮れのことであった。

へだて行く
伊那の野原の夕霧に
宿ありとても誰か問ふべき

昔の思いに耽っていた時に、輿の脇で香坂高宗が私に声をかけた。

「涼しくなってまいりました」

「うむ……」

私が頷いた瞬間であった。私はススキの原をこちらへ向かって飛んでくる白い矢を見つめていた。白い矢はふらふらと揺れながら私の胸にぐさりと突き刺さった。胸から熱い血がほとばしり出た。

私の乗った輿は地面に下ろされて、

「親王様……」

香坂高宗の叫ぶ声が聞こえた。供の者が抜刀してススキの原へ飛び出していった。

「もう、よい……」

私が声を絞り出した時に、ススキの穂を分けて逃げていく男の姿が目に入った。どこかで見たことのある男の姿であったが、誰であるのか思い出せなかった。

私の脳裏を京の街や比叡山の風景が横切った。続いて桜の咲いている吉野の里。行宮の御座所で、後醍醐天皇が私を見てにやにやしていた。

あたりが真っ白になって、粉雪がはらはらと降り注いだ。私は立ったままその雪を袖に受け止めていた。私の意識は徐々に遠のいていった……。


その言葉と一緒に、宗良親王の姿がしだいにぼやけて遠ざかって行った。

「待って……」惣一が叫んだ。

「いいよ……」

惣一の耳に子どもの声が聞こえた。

「待って……」

今度はお由の声である。それに応えて圭太の怒鳴る声が聞こえた。

「いいよ」

はっきりと意識が戻ると、馬渕惣一は中山家の部屋の布団に寝ている自分に気がついた。板戸の節穴から一条の眩しい光が部屋に差し込んでいた。惣一は布団を蹴って立ち上がった。

板戸を開けると、外には眩しい朝の光の渦があった。葉の落ちた柿の木に登っていたのはお由で、その下で圭太が口を開けてお由を見上げていた。

「いいよ」

「じゃあ、落とすからね」

お由が昨年の残り柿を一つ、圭太に向かって投げた。圭太がそれを受け損なって、柿はべたっと地面に張り付いた。

「下手ねえ」

「もう一つ」

圭太が腰を落として身構えた。惣一は二人の様子を見て、「この二人は気が合うのだな」と考えていた。

朝食のあとで、惣一は中山早苗に向かって、夜中に宗良親王が現れた話をした。中山早苗は目を大きく見開いて聞いていた。

「それから？」

話の合間には中山早苗が次々に催促するので、語り終えた時には昼近くになっていた。中山早苗は感じ入った様子で、頭をたてに振りながら言った。

「宗良親王があなたの体に入り込んだのに違いない」

「そうだったのかなあ」

「これは大事件だ。近来稀にみる大事件だ。今度の平田門人の集まりでその話を披露してくれ。特に宗良親王様の到達した生き方は、これからの私たちの指針となるものがある」

「そうかなあ」

惣一は疑問を返したが、その時には、昨夜の出来事をつぶさに見返してみようと考えていた。そこからは何か大事なことが汲み取れるであろう。それはこれからの自分や社会に生かされるに違いないと考えていた。

第三章　日本の国のかたち

1　白人ばらのにせ批判

それから十年が経って、明治維新の時には馬渕惣一は四十五歳になっていた。維新で幕藩の垣根は崩れたが、商売の上ではそれほど変化はなかった。外国へ紙の輸出ができるのではないかという期待は、外国では洋紙が使われていることが分かって、実現の見通しが立たなくなった。圭太は数年前に馬渕家に籍を入れていた。圭太は苦労を厭わない律儀な性格で、どこへでも気軽に商売に出かけた。

そういう中で、圭太は洋紙の輸入販売を思い立った。地方にも活版印刷が普及を始めていたので、この商売で井筒屋は美濃でも名の通った紙問屋に成長した。惣一は、

「圭太がいるので井筒屋の将来は万々歳だ」

と言って平田門人の前で自慢をした。「古史伝」の用紙の調達も圭太の手配で順調であった。

「養子、洋紙、用紙の三拍子だな」

門人の揶揄《やゆ》も惣一には嬉しかった。

圭太には嫁の話がいくつか持ち込まれたが、圭太はそのどれにも興味を示さなかった。中川仁斎先生から「私の姪を嫁に」という話があった時には、惣一は乗り気であったが、圭太は、

「僕にはその気はない」と素っ気なかった。

堪りかねた惣一が、

「誰か好きな人がいるのか？」

と圭太に尋ねてみた。惣一には以前からその予感があったのである。すると圭太はもじもじしていたが、

「ええ……」と小声で答えた。

「誰なのだ？」

「大河原のお由……」

圭太は商売のために大河原へ出向くことがあった。その時に何度かお由に会っていたのである。惣一は「そういうことだったか」と安堵の息をついたが、次の瞬間には心配が持ち上がった。

「お由は一人娘ではないか。お由が出てしまえば中山家はどうなる？」

「五年前に弟が生まれた」

「そういうことだったか」

大河原で宗良親王に出会った夜の明け方に、庭先で大声を上げていた圭太とお由の姿が惣一の記憶に甦った。

「お由の年齢は？」

「僕より二つ下だよ」

「するともう二十歳になったのか。付き合いはどこまで進んでいる？」

「お互いに好意を持っていることは間違いない」

「こいつ……」

惣一は圭太の頭を指ではじいた。

惣一が恐れたのは、世間で「圭太がお由に恋をした」と噂をされることであった。世間では恋は不倫とほぼ同意語であった。

「お由のことは誰にも言うな」

惣一は圭太に口止めして、座光寺の原田稲造の許へ足を運んだ。廃藩置県後に伊那県の役人を務めていた原田稲造は、惣一から圭太とお由の話を聞いて、

「平田篤胤先生の霊が取り持ってくれた縁に違いない」

と言ってその場で媒酌を引き受けた。

結婚披露宴は中津川の料亭で盛大に行われた。そこには両家の親族のほかに、美濃や信濃の平田門人が招待された。平田門人の数は十数人に上った。

当時は平田学派の全盛期であった。中央政府には神祇官《じんぎかん》が置かれて、太政官《だじょうかん》（内閣）の上に位置づけられていた。神祇官は全国の神社を統括して、その役人には多くの平田門人が採用された。これは天皇親政を目指した維新政府が、その正当性を日本神話に求めたからであった。地方でも平田門人は文化的にも行政的にも幅を利かせていた。

信濃や美濃の平田門人の活躍には目覚しいものがあった。「古史伝」の上木は精力的に続けられ、明治の上半期には全三十二巻の刊行が完了した。

また、「本学霊社」（後に本学神社と改称）の創建は、伊那の平田門人の一大事業であった。国学を創始した荷田春満《かだのあずままろ》、賀茂真淵《かものまぶち》、本居宣長、平田篤胤の四大人《うし》を中心に祀った神社である。これは山吹地

区に建てられて参詣の人が絶えなかった。

この神社は山吹藩士の太田春信の発案によるものであったが、太田春信は落成を待たずに、明治維新直前に四十八歳で病没した。平田門人は、本学霊社に太田春信の霊も封じ込めた。

時代は激しく動いていた。明治四年には神祇官は神祇省に格下げされ、翌年には文部省に吸収された。平田学派は明治維新前後の精彩を失いつつあった。その背景には、日本の伝統文化を差し置いて西洋文化が主流を占めていく時代の流れがあった。

そのことを嘆いた中川仁斎先生の歌がある。

蝦夷《えみし》らの
言葉に踊る人の群れ
大和心は消え失せにけり

この「蝦夷らの言葉」は西洋文化を指している。西洋文化に踊らされて、日本人から大和心が消えていく時代の流れを嘆いたものである。だがその勢いを止める手だてもないままに、時代は急速に進行していった。

圭太とお由の間に二人の男の子が生まれた。一人目の子は、

「惣太郎」

と名付けられた。この命名の発案は父親の圭太で、圭太が惣一に相談を持ちかけると、惣一は上機嫌で「惣太郎でいいだろう」と言った。

「名前の上では、この子は私の二代目になるのだな。私と血はつながっていないが、名前のつながりは血のつながりのようなものだ。おまえには気を遣ってもらって感謝しているよ」

「次に男の子が生まれれば今度は惣次郎だね」

「嬉しいことを言ってくれるではないか」

その惣次郎が生まれたのは、それから数年後であった。惣太郎はおとなしい性格であったが、惣次郎は幼い頃から腕白で、母親のお由を手こずらせた。

「惣次郎は大河原のおじいちゃんに似たのだわ」

というのがお由の口癖であったが、自分が子どもの頃にお転婆であったことは忘れていた。

長男の惣太郎が家業の紙問屋を継ぐことは、家族間で暗黙の了解事項になっていたが、惣次郎の将来については、見通しが立たないままに尋常小学校の高学年になっていた。

卒業を半年程前にした頃、惣次郎が突然言い出したことがあった。

「僕は中学へ進学したい」

「それはいいけれど、どこの中学に？」

「松本の中学がいい」

お由に答える惣次郎には迷いがなかった。事前に調べがついているようであった。

「それで？」

「僕は将来政府の役人になる。そしてこの日本をよい国にしたい」

この時の会話の内容は、夕食時にお由が笑いながら披露した。惣一がそれを聞いて真面目な顔で言った。

「惣次郎は政府の役人に向いているかもしれない。おまえは頭がいいし前向きな活力がある。これからは役人の時代だ。松本はここからは離れているが、あそこの教育は程度が高いと聞いている」

「受かるの？」

圭太の心配は惣次郎に跳ね返された。

「受かってみせる」

惣次郎はその言葉のとおりに、一発で松本中学に合格を果たした。

馬渕惣一が寝込むようになったのは、その頃からであった。咳き込みが激しく、時には喀血《かっけつ》することがあった。

医師の診断では労咳《ろうがい》（肺結核）ということであった。国学の師匠の中川仁斎先生が往診に来てくれたが、病状ははかばかしくなかった。仁斎先生は、

「栄養をたっぷり取って、商売の心配は息子に任せて、気儘《きまま》な生活をしているがいい」

そう言って漢方薬を処方して帰った。

松本の惣次郎の下宿に、中津川の生家から電報が入ったのは、中学三年の五月のことであった。祖父の惣一が危篤という知らせであった。

惣次郎が汽車で中津川の生家に駆けつけた時には、惣一の枕元には家族と仁斎先生が揃っていた。

「おじいちゃん……」

惣次郎が惣一の手を握ると、

「宗良親王……」

惣一の声は掠れていた。惣一はそう言って眼を開いて声の主を探したが、目玉がキョロキョロするだけで視点が定まらなかった。

「惣次郎だよ」

「これからそっちへ行くから待って……」

惣一の意識は、あの世とこの世の間を彷徨していた。あの世とこの世のことについては、惣次郎は惣一に幼い頃から何度も聞かされていた。

翌日の未明に、惣一は家族が見守っている中で、胸が膨らむような大きな呼吸を一つして、その直後に息を止めた。これが惣一の最期であった。

惣一の葬儀は神式によって行われることになった。その準備のために自宅の表座敷と奥座敷がぶち抜かれ、奥座敷の床の間に祭壇が設けられた。

葬儀の準備をしている時に、惣次郎は座敷の床の間に一冊の本が置かれてあるのを見つけた。手に取ってみると、読み古して手垢のついた「古事記」であった。

本の間には短冊が一枚挟まれていた。それには惣一の歌が書かれていた。

この世にはおさらばをして
あの世では
宗良親王と親しい語らい

「おじいちゃんらしい」と惣次郎は涙をこぼした。「おじいちゃんにとっては、死ぬことはあの世で宗良親王に会うことだったのだ」

祭壇の前では、神官の上げる祝詞《のりと》、玉串奉奠《たまぐしほうてん》などの神事が、しめやかな空気の中で粛々と進められた。参列者は親族のほかに平田門人が多かった。

「おじいちゃんの霊は、今頃は宗良親王と会っているのだろうか」

惣次郎は葬儀の席で漠然とそんなことを考えていた。葬儀が終わると、部屋を移して精進落しの儀が行われた。その席でこそこそと囁く声を惣次郎の耳はとらえていた。

「井筒屋には労咳の血筋があったのだなあ」

「これまで聞いていなかったが、そうだとすれば子や孫にも心配があるな」

肺結核が遺伝性の病気だという風評は聞いていたが、祖父の葬儀の折にその言葉を耳にした惣次郎は、気持ちが穏やかではなかった。惣次郎はその気持ちを松本の下宿へ持ち帰った。

松本に戻って間もなく、惣次郎は尻に痛みを感じるようになった。学校で腰掛に座ると、尻の一部がじくじくと痛むのである。鏡で調べてみると、尻の一部が赤く腫れ上がっていた。

惣次郎は近くの医院を訪れて診察を受けた。医師の森本先生は惣次郎の尻を見て、

「これは瘍《よう》だ。切開して膿を出せば治る」と言った。

「肉を切るのですか?」

「肉を切って膿を出して薬をつけるだけだ。これまでは吸出し膏薬で瘍が破裂するのを待ったものだが、西洋医学のお陰で手術によって簡単に治るようになった」

「何日で治るの?」

「三日後にもう一度ここへ来るだけでいい。痛みは明日には取れる」

切開手術を受けた尻は、翌日からは嘘のように軽くなった。学校の授業中に腰を浮かせていなくてもよかった。

三日後に医院を訪ねた惣次郎は、祖父の葬儀の日に抱いた疑問を、思い切って医師の森本先生に投げかけてみた。

「肺結核は遺伝性の病気なのですか?」

森本先生の答えは明快であった。

「昔はそう言われていたが、それは正しくない。肺結核は結核菌による伝染病の一種だから、同じ家で生活している家族に伝染することがある。それをもって遺伝ということはできない」

「そうでしたか」

「結核菌を殺す薬が出来ればよいわけだ」

「そういうことですね」

「最近の西洋医学の進歩には目覚しいものがある。肺結核は現在は死病とされているけれど、そのうちにあなたの瘍程度の病気になるだろうよ」

それを聞いた惣次郎の胸に兆したのが、「自分も西洋医学を勉強してみたい」ということであった。それが「将来は医者になろう」という決意になるのに、それから半年とはかからなかった。

惣次郎は松本中学校から松本高等学校へ進学、それから東京の医学専門学校を卒業して医師の免許を取得した。卒業時には東京の病院から誘いがあったが、惣次郎が目指していたのは田舎の開業医であった。

開業の場所は医学生の頃からひそかに決めてあった。それは少年時代の記憶につながる信州の高遠町であった。「高遠に住みたい」という気持ちを抱いたのは、惣次郎が小学生の時であった。

家族で大河原の母の実家を訪れた時のことであった。帰途に就く前に父の圭太が突然言い出した。

「分杭峠（鹿塩峠）を越えて高遠へ出てみないか。高遠城址では今頃は桜が咲いているはずだ」

同行のお由、惣太郎、惣次郎の三人は、一も二もなく賛成した。噂の高遠城址の桜を見たかったのである。

分杭峠を越えて入野谷《いりのや》へ出た惣次郎は、砂利の間を縫って流れる三峰川《みぶがわ》を見て圭太に尋ねた。

「この川の水は透き通っているけれど、白っぽい色をしているね」

「上流の山が石灰岩で出来ていて、その石灰岩の間から湧き出た水だから、石灰を吸い取って白い色をしているのだよ」

「そうだったのか」

「この水で育った米はおいしいと言われている。この流域一帯は昔からおいしいお米の産地だ。こういう歌がある……」

圭太は民謡の「伊那節」を口ずさんだ。

木曾へ木曾へとつけ出す米は
伊那や高遠の
伊那や高遠の余り米
　　　　ヨサコイアバヨ

「ここの米は、ここ入野谷で歌われている馬追い歌の『ざんざ節』にも出て来る」

そう言って圭太は歌を続けた。

ざんざざんざと馬追いかけて
　　　　コラザンザ
秋はおいでよ米つけに
いよさますいしょできわざんざ
よーいそこじゃいなー

「『いよさますいしょできわざんざ』って何のこと？」

惣次郎が訊いたが、圭太は、

「さあ?」と言っただけであった。

この時の歌声が、惣次郎の記憶には今も焼きついている。圭太は親族の間では評判の美声の持ち主であった。

目指した高遠城址は、山裾の小高い丘の上にあった。城の建物は取り壊されて、跡地には無数のコヒガン桜が植えられていた。幹や枝は未熟であったが、澄んだ青空の下には桜の花が満開の時を迎えていた。圭太が歌を口ずさんだ。

敷島の
大和心を人問はば
朝日に匂ふ山桜花

子どもの頃に、木曾の馬籠で惣一に聞かされた本居宣長の歌を思い出したのだ。惣次郎がそれを聞いて尋ねた。

「何の歌?」

圭太はかつて惣一から聞いたと同じ解説をした。

「大和心か……」

この時の「大和心」という言葉が、惣次郎の胸には後々まで根づいていた。

花見を終えて迂回した坂道を下ると、そこには高遠の城下町が開けていた。惣次郎は江戸時代の風情を残している商店街を歩きながら、

「おじいちゃんの子どもの頃は、中津川もこのような街だったのだな」

と考えていた。高遠の町の情景は、惣一から聞かされた昔の中津川の思い出話と結び付いて、時代の変転というものが惣次郎の胸に焼き付いたのであった。

その思いに輪をかけたのが、たまたま入った蕎麦屋の蕎麦であった。惣次郎は蕎麦を啜って声を上げた。

「うまい」

「これは高遠蕎麦というのだ。高遠では古くから蕎麦が食べられていたから、長い歴史を経て味が洗練されているのだ」

圭太の説明を聞いて、惣次郎は「こういうところで暮らせば、うまい米のご飯とうまい蕎麦が食べられるな」と考えていた。

他愛のない子どもの頃の体験であったが、医学生の頃には、それが「高遠町で開業したい」という気持ちに変わっていた。高遠城址の桜も蕎麦も惣次郎の記憶から消えていなかったが、何より高遠の持っている歴史の雰囲気が懐かしく思い出されるのであった。

圭太の資金援助を得て、高遠町で「馬渕医院」を開業した惣次郎は、新たに乗馬を一頭購入した。午前中は医院で診察と治療に当たって、午後は馬に乗って往診に出かけた。

惣次郎の往診の範囲は、高遠の町を越えて入野谷の常福寺のあたりにまで及ぶことがあった。馬に

乗った惣次郎は、高遠でも入野谷でも、

「馬の先生」

と呼ばれた。馬渕姓の「馬」をもじった呼び名でもあった。

馬の先生は馬上にいて俳句を読むことがあった。俳句を詠むのは父の圭太の影響であった。

往診や馬のたてがみ春の風

三峰川の白い流れや峰の松

惣次郎が森鷗外の文学に関心を持つようになったのは、少年の頃からの文学嗜好もあったが、鷗外が同業の医師であったからだ。鷗外は軍医であったが、惣次郎は「鷗外の関心事が自分に共通している」と感じていた。

惣次郎は鷗外の「舞姫」を読んで、恋に生きるか社会的な栄達に生きるかという問題を突きつけられた。それはその頃の惣次郎に突きつけられていた問題でもあった。

その頃の惣次郎は人に隠れて恋をしていた。相手は馬渕医院でお手伝いをしている麻里であった。麻里は地元の小作農家の娘で、惣次郎の診療の手伝いをしているうちに、惣次郎と関係を持つようになったのである。

惣次郎は麻里と結婚したいと考えていたが、東京の医学専門学校で西洋医学を修めた惣次郎は、高遠では名士の一人であった。口さがない世間の人には、「貧乏人のお手伝い娘では釣り合わない」と言われそうであった。

だが、麻里の腹に子ができたと知った時には、惣次郎は兄の惣太郎を高遠へ呼び寄せて麻里のことを打ち明けた。

その場には麻里もいた。惣次郎の告白を聞いた惣太郎は、

「麻里は下膨れの顔がお袋に似ている。それで惚れたのだな」

と言った。惣太郎はそれから時間を置いて決然と言った。

「親父とお袋も恋愛結婚だったと聞いたことがある。自分たちが経験しているのだから反対はするまい。おれに任せておけ」

「頼む」

「しかし高遠の地元では、子を身ごもった結婚ということになれば、浮気医師の噂は免れないだろうな」

「それは覚悟している」

この結婚話は惣太郎の努力で順調に進められて、結婚式は中津川の神社の杜で挙げられた。だが結婚のあとの世間の風当たりは、惣太郎が言ったとおりであった。

馬渕医院を訪れた患者は、麻里の顔を見て、「これが馬の先生の浮気相手か」という表情が露骨であった。中には「これが馬の先生をたぶらかした女か」と射るような眼を麻里に向ける人もいた。

惣次郎はそれを意識しながら、

「森鷗外は自分の栄達のためにドイツ人の舞姫エリーゼを棄てたが、自分は社会的な見栄を棄てて麻里を選択した」

と考えていた。そういう面では自分の方が純粋であるという気持ちであった。

半年後には女の子が産まれ、高遠城址の桜に因んで桜子《さくらこ》と名付けられた。麻里は生来が明るい性格で患者への面倒見がよかったので、桜子が生まれた頃からは、地元の人たちに「馬の奥様」と親しまれるようになった。

馬の奥様は尋常小学校を出ただけであったが、文学への関心があって、書棚から森鷗外や夏目漱石の本を引き出して惣次郎に隠れて読んでいた。


日本は日清戦争に勝利し、十年を置いて日露戦争に突入した。日露戦争の最中に、惣次郎は森鷗外の「黄禍《こうか》論梗概《ろんこうがい》」という本を読む機会があった。そこには西洋で持ち上がっている「黄禍論」の説明が詳細に綴られていた。「黄禍論」というのは、

「世界に進出しつつある黄色人種の日本を、今のうちに叩き潰してしまえ」

という西洋の風潮であった。

森鷗外は「黄禍論梗概」の序文で、白人が武力によってアジアの各地を植民地化している様子を紹介して、

「予は世界に白禍あるを知る。而して黄禍あるを知らず。予は読者をして、白人のいかに吾人を軽侮せるかを知らしめんと欲せしなり。日露の戦いは今正に酣《たけなわ》なり。而して我軍愈勝たば、黄禍論の勢い愈加

わるべし」と述べていた。

森鷗外の気持ちの中には、これまでの日本は西洋文化を積極的に受容してきたが、それで本当によかったのかという見返しがあった。それはドイツ医学を至上のものと考えてきた鷗外自身の反省でもあった。西洋医学を志してきた惣次郎にとっても、黄禍論に対する鷗外の見解は心に沁みた。

森鷗外の従軍詩集「うた日記」の中には、このような詩の一節があった。

白人ばらの　えせ批判
褒むとも誰か　よろこばん
謗るとも誰か　うれふべき

この「白人ばら」という言葉に込められた森鷗外の気持ち、その中には政治的、経済的、文化的に優越を誇っている白人に対する反感が表れていた。その気持ちが森鷗外に日本の伝統的な文化の見直しを促していた。

そのような風潮の中で、明治天皇の崩御のあとを追った乃木大将夫妻の殉死があった。森鷗外は乃木大将夫妻とは知り合いの仲であっただけに、夫妻の殉死には大きな衝撃を受けた。

この事件を契機に、森鷗外は日本の歴史や伝説に題材を採った小説を発表するようになった。「興津弥五右衛門の遺書」「高瀬舟」「山椒大夫」「最後の一句」「阿部一族」などである。そこに一貫していたのは、日本の伝統的な文化の再評価であった。日本人の伝統的な生き方の中に、将来の日本人のあり方を見つめていたのである。

惣次郎には森鷗外のこの考えに共鳴するものがあった。医師として高遠に住み着いてみると、高遠の住人の大半は、町のたたずまいと同じように、日本の伝統的な文化を継承していることに気がついた。西洋医学の医師を尊敬しながら、日常生活では義理や人情などの伝統的な心の世界を大事にしていた。

それに気付いた惣次郎の頭に甦ったのが、祖父の惣一から聞かされた宗良親王のことであった。また、宗良親王を崇拝していた平田学派のことであった。

その頃には平田学派の国学は、西洋文化に圧されて下火になっていたが、森鷗外による日本の伝統文化の再評価は、惣次郎の中で宗良親王や国学と結び付いたのであった。惣次郎にとっては、祖父の惣一から聞いたことを、もう一度見直してみたいという気持ちであった。


そういう折に、宮内省から故香坂高宗に従四位が贈られた。宗良親王を支えた香坂高宗の功績が、五百数十年の年月を経て皇室に認められたのである。

それを新聞で知った惣次郎は、大河原の母の実家を訪ねることにした。当主の中山庫吉が大河原の村役場に勤めていたので、香坂高宗に贈られた「御沙汰書」を、役場の金庫から出して見せてもらった。

そのあとで中山家に伝わる「李花集」の写しも拝見した。貴重なものであることは分かったが、惣次郎には「李花集」の崩し文字は読むことができなかった。

翌日は中山庫吉の案内で、大河原の村内を巡り歩いた。大河原城跡、香坂高宗の墓、御所平、宗良親王の墓などを見学しながら、中山庫吉は折に触れて宗良親王の歌を引用して話をした。

中山庫吉の口から語られたのは、主に宗良親王の京への望郷の思いであった。中山庫吉は宗良親王の歌を紹介しては、その歌に説明を加えた。

春ごとに
あひやどりせし鶯も
竹の園生にわれを偲ぶらむ

「宗良親王が京に住んでいた時に、春ごとに一緒に宿をとって鳴いていた鶯も、京の竹の園生にいて、遠くにいる私を偲んで鳴いているであろうかという歌だ」

散らぬ間に
立ち帰るべき道ならば
京のつとに花も折らまし

「散らないうちに帰ることのできる道のりであれば、京へのお土産にこの花を持ち帰ることができるのに。宗良親王の郷里の京に寄せる思いが伝わって来る歌だ」

かたしきの

とふのすがごも冴え侘びて
霜こそ結べ夢は結ばず

「衣の片裾を敷いて寝る敷物が冷たくて、霜は結ぶけれど夢は結ばない。冬の大河原の夜は、京育ちの宗良親王にはやり切れない寒さで、一晩中眠れなかったのだろうね」

ありとても
ある甲斐もなき箒木《ははぎき》の
伏屋にのみや年を経ぬらむ

「信濃に来て何年にもなるが、南朝の立場は悪くなるばかりだ。生きていても生きがいがない。遠くからは見えて、近付くと消えてしまうという伝説の箒木のように、このみすぼらしい伏屋にこもって何年になるのであろうか。そういう寂しい気持ちだね」

惣次郎は中山庫吉の説明を聞きながら、生まれ育った中津川の自然や、少年の頃の出来事を思い出していた。

自分にとっては中津川が第一の故郷、高遠が第二の故郷という気持ちであった。

2　昭和維新

大正十一年に森鷗外が亡くなった。六十一歳であった。新聞には、「死因は萎縮腎」とあった。四十歳になっていた惣次郎は、森鷗外死去の報道に接して、恩師を失ったような気持ちを抱いた。医師の間でも、陸軍の軍医総監を務めた鷗外の死は、話題になることが多かった。その中で、

「鷗外の本当の死因は肺結核だった」

という噂が流れた。それを聞いた惣次郎は、「噂は本当のことではないだろうか」と思った。祖父の馬渕惣一が肺結核で死亡した時には、「肺結核は遺伝」という噂話を聞いた。そのような傾向は大正期になっても変化がなかった。肺結核は相変わらず不治の病で、世間では血筋に関係のある病とされた。

惣次郎が自分の体に変調を感じるようになったのは、その二年後からであった。自己診断によれば明らかに肺結核であったが、他人には隠さなければならなかった。世間からは、「医者のくせに」と誇られることは間違いなかった。森鷗外も病名を萎縮腎と偽って、世間の噂から自分や家族を護ったのではなかったか。

森鷗外は死の直前に、友人の賀古鶴所《かこつると》を枕元に呼んで、このように遺言したということであった。「自分は間もなく死ぬであろう。自分は石見人《いわみじん》森林太郎《もりりんたろう》として死にたい。自分の墓石には『森林太郎墓』とだけ彫って、他の文字は一字も彫ってはならない。その文字は中村不折《ふせつ》にお願いしたい」

森鷗外から指名のあった中村不折は、高遠出身の画家であり書家である。その関係で高遠では鷗外と中村不折との関係が取り沙汰されたが、惣次郎は死の直前まで意識が明晰であった鷗外に肺結核の症状を見ていた。

その後の十数年間、惣次郎の頭からは森鷗外のことが離れていたが、昭和十年に「鷗外全集」が出版された時には、惣次郎は自分で本屋に出向いて全集の注文をした。

月に一度の割で配本される「鷗外全集」に目を通していると、惣次郎には「やはりそうだったのか」と思うことが多かった。森鷗外が生涯にわたって問題にしていたのは、「この国はどうあったらよいか」ということであった。そういう意味では、「自分はどう生きたらよいか」を追究した木曾生まれの島崎藤村とは対照的であった。

惣次郎が森鷗外の作品に読み取っていた「西洋文化の積極的な摂取」から「日本の伝統文化の見直し」への変貌は、そのような森鷗外の生き方の文脈の中に位置づいていた。

森鷗外は死を直前にして「古い手帳から」という論文を書いた。これは死によって未完に終わったが、そこにはプラトン、アリストテレス、キリストに始まって、東西古今の学者、政治家、宗教者などが構想した国のかたちの紹介と考察が行われていた。

鷗外が死の直前に構想していた日本の国のかたちは、皇室を中心にした国家社会主義の国であった。それは奈良時代や平安時代の公地公民に近い国のかたちであった。それを考えた裏には、大正期の米騒動や労働争議の頻発、普通選挙を要求する示威運動の高揚などの時代背景があった。

これを読んで惣次郎の胸に去来したのが、後醍醐天皇や宗良親王のことであった。森鷗外が求めた国のかたちは、後醍醐天皇と、その皇子の宗良親王が求めたかたちに相似していた。それは祖父の惣一が求めていたものでもあった。

惣次郎の趣味は、馬に乗って俳句を詠むことであった。そういう時には自分の病気のことは忘れていた。惣次郎は「天竜」という俳句の結社に属して、俳誌に自分の句が載るのを楽しみにしていた。

蕾赤く開くを待たれる桜かな

これは惣次郎が高遠城址で、馬に乗って詠んだ俳句である。この俳句には解説が必要である。この「桜」というのは娘の桜子のことである。待たれる開花は桜子の結婚を意味していた。

惣次郎と麻里の間には、桜子のあとに子が生まれなかった。「生まれた男の子を医院の跡継ぎに」というのが、惣次郎と麻里の期待であったが、麻里には四十歳を過ぎてもその兆しがなかった。「自分の病気が原因だ」と惣次郎は考えていた。

そこで惣次郎が考えたのは、医師の資格を持った男性を婿養子にして、医院の跡を継がせることであった。惣次郎が頼ったのは、母校の医学専門学校で教授をしている友人の松島三郎であった。

松島三郎は惣次郎の同期生で、医学専門学校を卒業してからずっと附属病院に勤めて、現在は母校の教授を兼ねていた。婿の仲介には最適任であった。

「卒業生に適当な人はいないか？　高遠へ来てくれれば私は引退して、その男に医院を譲りたい」

惣次郎はこの言葉を何度か松島教授に手紙で書き送った。その裏には、「自分の生命には時間が残されていない」という焦りの気持ちがあった。

桜子は伊那の高等女学校を卒業して、惣次郎の診療の手伝いをしていたが、母親に似て明るく闊達な性格であった。「母親似の桜子は男性に好かれるに違いない」と惣次郎は思っていた。

「婿養子の候補者ができそうだ。こちらへ出て来ないか」

そういう連絡が松島教授からあった時には、惣次郎は「本日休診」の札を医院の門口に掲げて、桜子の写真を持ってそそくさと上京した。

惣次郎は医学専門学校の研究室に案内された。研究室で松島教授に向き合った惣次郎は、旧友の白髪頭をじっと見つめていた。向き合った松島教授は惣次郎の薄毛の頭を見つめて、

「ははは……」と笑った。

「お互いに年をとったものだな。私も再来年には学校と病院の勤めを辞めることになっている」

「そのあとはどうする？」

「田舎へ帰ってのんびりと百姓でもしたいと思っている。山梨の田舎では、年老いた両親が広い桑畑を持て余している」

「大丈夫か？」

惣次郎の口から出た言葉は、田舎の現実を知っていたからである。その頃の農村の主な産業は稲作と養蚕であったが、生糸の価額が暴落して農家は苦しい生活を強いられていた。

「場合によっては、田舎で今の仕事を続けるかもしれないが。ところで……」

松島教授は口調を改めて、惣次郎に微妙な苦笑いを投げかけた。

「君の要望にぴったりの男がいる。優秀な男で、現在は附属病院の内科に勤めているが、いずれどこかで開業したいと考えているようだ。ただ……」

松島教授はそこで口を閉じた。怪訝に思った惣次郎が鸚鵡《おうむ》返《がえ》しに尋ねた。

「ただ？」

「娘さんの気に入ってもらえるかどうか問題だが」

「何か欠陥でもあるのか？」

「それは今夜の宿題にしておこう。料理屋に部屋を予約してあるから、今夜はそこで三人で腹を割って話そうではないか」

惣次郎は持ってきた桜子の写真を、鞄から取り出して松島教授に手渡した。松島教授は写真を一目見て、「ほほう！」と頓狂な声を上げた。

「なかなかの美形ではないか」

「僕に似たからな」

「違うね。こういう下膨れの可愛い顔は母親譲りのものだ」

そこで二人は大笑いした。白衣の看護師が教授を迎えに来たのを潮に、惣次郎は腰を上げて研究室を出た。

惣次郎が指定の料理屋へ入った時には、松島教授は客間で肩幅の広い男性と酒を酌み交わしていた。

惣次郎の姿を見ると、男性は急いで座り直して畳に額を擦り付けた。

「大蔵伸太郎です」

太い声であった。惣次郎が顔を覗くと、あごのえらの張った四角い顔が目に入った。

「あれからどこへ行っていた？」

松島教授が惣次郎に尋ねた。

「映画館だ。田舎ではなかなか映画が観られないからな。それにここへ来る途中で道に迷ってしまった。待たせてしまって申し訳ない」

「映画は何を観た？」

「つまらない時代物だったが、一緒に上映されたニュース映画が面白かった」

「何のニュース映画？」

「去年の二・二六事件の経過が詳細に映されていた」

松島教授は銚子を取り上げて惣次郎の盃に酒を注いだ。

「早めに学校を出てここへ着いたのが四十分ほど前だった。時間を持て余したので、失礼とは思ったが先に酒を始めていた。この男が……」

松島教授から大蔵伸太郎の紹介があった。大蔵伸太郎は新潟の農家の出身で、五年前に医学専門学校を優秀な成績で卒業して、現在は附属病院の内科に勤めているということであった。松島教授によれば、「大学で私の跡継ぎにしたい男」ということであった。

「大蔵伸太郎の頭脳と腕は確かだが、組織に縛られることが嫌いで、病院を辞めて自立したい気持ちを持っている。そうだったね？」

大蔵伸太郎は「ええ」と響く声で答えた。

「病院勤めは僕の肌に合わない。僕は自分の力で自分の世界を切り開きたいと思っています」

「そういうわけだ。そこで……」

松島教授はちょっとためらって続けた。

「高遠の君の医院の話をしたら乗り気になってね」

松島教授はそう言って、惣次郎から渡された桜子の写真をテーブルの上に置いた。

「先程この写真を見せたところが、俄然乗り気になってね。娘さんはなかなかの美人だからな」

惣次郎は改めて大蔵伸太郎の顔の表情を窺った。いかつい顔であったが、はにかんだ表情にはどこか愛嬌があった。

「大蔵伸太郎は病院の患者に人気がある。腕もさることながら患者に親身なので、病院を辞めれば悲しむ患者がいるだろうよ」

「郷里の新潟へ帰るつもりはないの？」

これは惣次郎が抱いた疑問であった。

「僕は貧農の三男坊だから、新潟の郷里には僕の居場所がないのです。それに僕は子どもの頃から新潟の雪が嫌いでした。一冬をあの雪の壁に遮られて生活すると思うと閉口です。高遠の雪はどうですか？」

「信州の南の方の雪はたいしたことはない。深い時でも十五センチというところだろう」

「そうだったのですね。友人に聞いたことがありました。それでは……」

仲太郎はそこで手を叩いて、仲居に酒の追加を注文した。仲太郎の盃はいつの間にか茶碗に持ち替えられていた。

「大蔵はこれが唯一の欠点だ。一升酒を飲んでも翌朝にはけろっとしているけれど」

「いいじゃないか」

惣次郎は仲太郎に好感を覚えていた。祖父の惣一も、酒を飲むと国学や政治の話を一人でまくし立てたが、翌朝には爽やかな顔をしていた。

「二・二六事件の映画を観られたということでしたが……」

仲太郎が惣次郎の顔に目を当てて尋ねた。

「二・二六事件のどういう場面が映っていました？」

「どの場面も印象深かったが、山王ホテルの前で反乱軍がたむろしているところ、それに警備部隊が反乱軍を鎮めるために出動したところなどが頭に焼きついている」

それを聞くと、仲太郎は身を乗り出して言った。

「僕はあの時に皇居の方まで見に行ったのです。日比谷まで行ったら、『勅命下る軍旗に手向かうな』という文字を書いたアドバルーンが揚がっていました。それを確認して引き返して来ました」

「そのアドバルーンは映画にも映っていたよ」

「あの反乱を起こした連中は……」

仲太郎の目が据わっていた。

「昭和維新だと言って騒いでいたが、本当に世直しを目指していたのか、それとも天皇陛下を担いで権力を握りたかったのか、僕には疑問に思えてならない。あの裏には陸軍内の皇道派と統制派の権力争いがあったと聞いています。今度の反乱は皇道派が起こしたものでしたが、厳戒司令部に鎮圧されて首謀者が処刑されたので、これからは統制派が権力を掌握することになるでしょう」

松島教授が口を挟んだ。

「皇道派と統制派とはどういうところが違うの？」

それに答える伸太郎の口調は滑らかであった。

「陸軍内の勢力争いから来る派閥だから、それほど大きな違いはないと思いますが、どちらも天皇親政を口実に軍の強化を図って、その中で権力を掌握することを考えているようです。ただ、決起した皇道派は力で権力を掌握することを考えていたのに対して、統制派は軍部の統制を維持しながら、合法的な手段で権力を掌握しようと考えているようですね」

「大蔵は社会勉強をしているなあ。私は医学以外のことはまったく駄目だ」

惣次郎はこの松島教授の言葉を、学生の頃の松島に結び付けて聞いた。松島三郎は学生の頃も医学以外のことにはあまり関心を示さなかった。

伸太郎の説明を聞いて、惣次郎が頭に描いたのは祖父の惣一の言葉であった。酔った惣一の口からは、「天皇親政」

という言葉が飛び出すことがあった。

「明治維新は天皇親政を目指したはずだったのに、現在の天皇陛下は飾り物のようになっている。実際に権力を握っているのは薩長土肥出身の連中、それに公卿たちではないか」

酒に酔った時の惣一の口吻を、惣次郎は今も鮮明に憶えている。惣一の口からは、それに関わって後醍醐天皇や宗良親王の話を聞かされた。

「宗良親王は後醍醐天皇の親政を支持して足利尊氏と戦ったが、当時の社会状況の中では実現することができなかった。足利尊氏は権力を自分に集中させることが巧みで、他の追従を許さなかった。そういう尊氏と戦った宗良親王の晩年は、大河原にこもって政治を庶民の目で見つめていた。これが天皇親政の本来の姿なのだ。これは宗良親王の霊にお会いして聞いたことだから間違いない」

「宗良親王の霊？」

「そうだ。私は大河原のあちこちで宗良親王の霊にお会いしている。親王の話もお聞きしている。ところが……」

こういう時の惣一の口舌の標的は、西洋から伝来した文化になるのであった。

「明治維新以後、西洋の真似をすれば幸せになれるという妄想に駆られて、日本人は日本古来の道を忘れてしまっている。日本の神ながらの道というのは、皇室の権威の許に、国民の自由な生産活動や商業活動によって、貧しい者が生まれない国だ」

この惣一の言葉は、惣次郎の脳裏から今も消えなかった。惣次郎が貧しい患者から報酬を受け取らないのは、この言葉が頭に焼き付いていたからである。報酬を受け取らなかった患者は、医院へ自作の白菜や南瓜を持って来た。

惣次郎が伸太郎にさり気なく尋ねた。

「田舎の病人の中には、医療費を払えないような貧しい人がいるが、そういう場合にはどうしたらいいと思う?」

　伸太郎からは太い声が返った。

「医は仁術と申しますからね」

「そうか」

「附属病院の患者には金持ちが多い。金持ちは金で病気が治ると思っている。おまけに病気が治らないのは医者のせいだと思っている。そこが僕の気に入らない」

「医は仁術か……」

　松島教授が「パン」と手を打った。

「これで高遠行きは決まったようなものだな」

　伸太郎の顔は酒で赤く染まっていた。惣次郎はその顔を見つめて、

「この男はいい」と考えていた。

　問題は桜子が伸太郎を気に入るかどうかである。それを決めるためには、伸太郎を桜子に会わせなければならない。だが惣次郎の心中には、「桜子は気に入るに違いない」という確信めいたものがあった。

「桜が咲く頃に高遠で娘に会ってみないか」

「お会いしたい」

　伸太郎の声にはためらいがなかった。伸太郎の視線はテーブルの写真の上に落ちていた。そこには愛《いと》しいものを見つめる眼差しがあった。

高遠城址の桜が満開の時を迎えていた。伸太郎と桜子の見合いは、高遠城址の桜の下で行われることになった。

松島教授は伸太郎を伴って夜行列車で信州へ入った。高遠城址に着いたのは午前十時頃であった。満開の桜を背にして城址の入口で待っていたのは、惣次郎、麻里、桜子の三人であった。

それぞれに自己紹介を済ませて、花見の客で賑わっている高遠城址を巡って歩いた。本丸跡、二の丸跡、三の丸跡を回りながら、惣次郎が高遠城の来歴を説明した。

「ここは諏訪一族に関係の深い城だったが、戦国時代に甲斐の武田信玄に攻め取られて、信玄の弟の仁科五郎が城主になった。信玄の死後にここへ攻め入ったのが織田と徳川の連合軍。敗れた仁科五郎に代わって城に入ったのが、徳川家康に忠誠を誓った保科正光《ほしなまさみつ》だった。江戸時代になってからは、鳥居氏が城主になったり、一時は天領になったりしたこともあったが、そのあとは幕末まで内藤氏の時代が続いた。明治の廃藩置県で城郭は取り壊されたが、その跡にコヒガン桜五百本が植えられた。それが今ではこのような大木になっている」

「明治維新の時には、高遠藩はどちらについたの？」

松島教授が尋ねた。伸太郎は一歩遅れて後ろをついて歩いていたが、二人の会話に聞き耳を立てていた。

「官軍側だ。その頃の高遠藩では、何万両余かの借金を抱えて二進《にっち》も三進《さっち》もいかない状態にあった。だから朝廷が実権を握って高遠藩が廃藩になったことは、抱えた借金の大半が帳消しになることでもあった。これは高遠藩ばかりではない。どの藩も同じような財政状況だったと聞いている」

「それなら明治維新の動機には、藩の財政問題もあったのだな」

「最近も国の財政が行き詰まって、日本経済は破綻寸前だと聞いている。新たな維新の時を迎えているのかもしれない」

「昭和維新か……」

会話はそこで終わったが、取り交わされた話の内容は、後ろで聞いていた仲太郎の胸に焼きついていた。

桜の木の下に莫蓙《ござ》を敷いて始めた宴席で、酒の入った仲太郎が、

「昭和維新を口実にした二・二六事件のことだけれど……」と赤い顔で言い出した。

「おい、見合いの席だぞ」

松島教授がたしなめたが、仲太郎は滔々と話し始めた。勢い込んだ仲太郎の言葉は乱暴になっていた。

「東京の料理屋で二・二六事件の話が出たでしょう？　それであの事件についていろいろ調べてみた。あの事件の原因には陸軍内の勢力争いもあったけれど、日本経済が閉塞状況にあるのに、それを打開できないで政争に明け暮れている国の指導者にも原因があった。決起趣意書には、『不逞凶悪の徒《やから》が私心我欲を恣《ほしいまま》にしている』とか『国民を塗炭の苦しみに追い込んでいる』と書いてあった。その不逞凶悪の徒というのが、軍閥、財閥、官僚、政党の幹部などというわけだ。それで『君側の奸臣軍賊《かんしんぐんぞく》を斬除して彼の中枢を粉砕するは、股肱《ここう》の我らの務めである』としてあの事件を起こした。そして国の指導者を何人も殺した」

「花見の席では相応《ふさわ》しくない話だな」

松島教授の忠告を無視して、仲太郎は強い口調で話を続けた。桜子は熱弁をふるう仲太郎の赤い顔を見てにこにこしていた。

「ところが、この反乱に怒ったのは天皇陛下だ。陛下は『直ちに鎮定すべく厳達せよ』と仰せられて、『下士官兵に告ぐ』のビラが撒かれた。『今からでも遅くはないから原隊に帰れ。抵抗する者は全部逆賊であるから射殺する。おまえたちの父母兄弟は国賊となるので皆泣いておるぞ』というわけだ。天皇陛下に受け入れられると思って行動を起こした将校や下士官は、これによって逆賊の烙印を押された。この時点で反乱軍は完全に敗北した。首謀者が次々に捕らえられて裁判にかけられたことはご存知のとおりだ」

「将校たちはなぜ天皇陛下の御心を読み違えたのだろう？」

惣次郎が疑問を差し向けると、仲太郎は「そこが大事なところだと思う」と大声で反応した。

「決起の前年に、美濃部《みのべ》達吉《たつきち》の天皇機関説が国会で問題になったことがあった。美濃部達吉によれば、国家は統治のための生命体であって、天皇陛下はそれを総攬される立場だというのだ。その説が軍部の攻撃の的になった。この国は天孫降臨された天皇の子孫が統治する国であって、国家そのものが統治機関であるとは何事かというわけだ。この考えが軍部に広まっていたから、天皇陛下の直接統治を目指す自分たちの行動は、天皇陛下に認められるものと信じていたのだ」

「そのとおりだろうな」

惣次郎が頷いた。それは祖父の惣一に聞かされた平田学派の説に似ていた。

「ところが……」

仲太郎の声は更に大きくなった。隣の茣蓙で花見をしていた客が、一斉に仲太郎を振り向いた。

「天皇陛下は天皇機関説に近い考え方を持っておられたようだ。それで自分を神と崇める反乱軍の残虐な行為を赦さなかったのだ」

「大丈夫か？」

松島教授が周りを見回した。このような話題は、天皇に対する不敬罪に当たるのではないかと危惧したのである。松島教授は仲太郎に好感を抱きながら、酒を飲むと胸の内を正直に吐露する仲太郎に、危なっかしい気持ちを抱いていた。

仲太郎の弁舌を聞いていた惣次郎の頭に甦ったのが、森鷗外の「かのように」という小説であった。それは美濃部達吉の天皇機関説に通じるものがあった。

その小説には、秀麿《ひでまろ》という歴史学者が、天孫降臨の神話と歴史の事実との狭間で悩む姿が描かれていた。

秀麿はドイツのファイヒンゲルの「かのようにの哲学」という本を読んで、神話と歴史の関係について首肯し、それを友人の画家に語っている。

「小説は事実を本当とする意味においては嘘だ。しかしこれは最初から事実がらないで、嘘を意識して作って通用させている。そしてその中に生命がある。価値がある。神話も同じようにしてできたものだが、あれは最初事実がったただけ違う。君の描く絵も、どれ程写生したところで、実物ではない。嘘のつもりで描いている。人生の生命あり、価値あるものは、皆この意識した嘘だ。宗教でも何でも、その根本を調べてみると、事実として証拠立てられない在るものを建立している。即ち、『かのように』が土台に横たわっているのだね」

この森鷗外の小説は、当時の無政府主義者による大逆事件《たいぎゃく》（天皇暗殺未遂事件）に手を焼いた山県有朋《やまがたありとも》公爵に、無政府主義に対する対策を求められて書かれたものである。無政府主義者は、天孫降臨の日本神話を頭から否定していた。

森鷗外の回答は、「天孫降臨神話は歴史の事実と異なるところがあるが、その神話をあるかのように認めることによって、日本の国体は健全に維持することができる」というものであった。

惣次郎はこの場で「かのように」の話を持ち出そうかと考えたが、口にしようとした瞬間にためらいが生じた。そこには二・二六事件以後、言論に対する国の締め付けが強くなっている現実があった。

森鷗外の「かのように」は、軍部からは美濃部達吉の天皇機関説同様に攻撃される危険性を持っている。ここで自分の語ったことが外へ漏れれば、ここにいる人たちに迷惑がかかるに違いない。惣次郎はそのように考えて語るのを止めたのであった。


花見が終わって高遠城址の坂道（殿坂《どのさか》）を迂回しながら下った。下は一本道の商店街で、花見客がぞろぞろと散策していた。その道の途中を横に折れて、奥まったところに馬渕医院があった。

松島教授は医院の玄関前で、伸太郎と立ち話をしていたが、

「あとは頼むぞ」

と言って高遠を離れて行った。これから山梨の生家に寄って、そのあとで東京へ帰る予定であった。

伸太郎は医院の診察室に入って、医療器具などを見て回っていた。その頃には酔いも醒めて、本来の医師の顔になっていた。

裏庭の小屋の中に馬を発見した時には、伸太郎は、

「おおっ」と声を発した。

「この馬は？」

伸太郎の後ろにいた桜子が答えた。

「父の往診用の馬です」

「そうか。これで往診に出るのか。いいなあ」

伸太郎は馬の鼻面を撫でながら言った。

「この馬をお借りして町内を一回りして来る。僕は学生の時に乗馬をやっていた」

馬に跨った伸太郎は、「シッ、シッ」と馬を励ましながら街の方へ姿を消した。その胸を張った姿を、桜子は微笑しながら目で追っていた。

「どうだ？」

桜子の隣には惣次郎が立っていた。桜子ははにかみながら、

「ちょっと変わっているけれど頼りになりそうね」

と答えた。惣次郎はそれを聞いて、

「それならいいな」と念を押した。

「ええ」

惣次郎にとっては、自分の後釜が確定した瞬間であった。「これで安心して死ねる」というのが惣次郎の気持ちであった。

伸太郎は三十分ほどして帰って来た。晴れ晴れとした顔で馬を降りた伸太郎が、さり気なく口にしたのは、

「高遠は歴史が感じられる町だ」

という一言であった。

それは惣次郎が高遠へ初めて来た小学生の時に感じたものと同じであった。惣次郎は「伸太郎とはウマが合いそうだ」と思った。

3　常福寺の宗良親王

惣次郎、麻里、伸太郎、桜子の四人の生活が始まった。

惣次郎と麻里は新築した離れに移って、伸太郎と桜子の夫婦は、馬渕医院の二階を本拠に生活していた。

馬渕医院の院長は、約束どおりに伸太郎になった。惣次郎は医院の医師、麻里と桜子は医院で診療の手伝いをしていた。

午後になると、仲太郎は馬に乗って颯爽と往診に出かけた。惣次郎にとって馬に乗れないのは寂しかったが、これは婿養子入りの時の約束になっていたので、午後も医院にいて外来患者の診察と治療に当たっていた。

仲太郎は松島教授が保証したとおりに優秀な内科医であった。聴診と触診で病名を言い当てる技術の確かさは、経験を積んだ惣次郎も舌を巻くことがあった。「馬の先生」の呼び名は仲太郎にも移って、「馬の若先生」となっていた。惣次郎にとっては自分の二世が出来たようなものであった。

夕食時の仲太郎は晩酌を欠かしたことがなかった。惣次郎は仲太郎の酒の相手をしながら、酒によって自分の病気が進行するのではないかと心配したが、「酒は百薬の長」と自分に言い聞かせていた。

「あなた、お酒はそのくらいにしたら？」

仲太郎は桜子にたしなめられても、

「そうだな」

と言いながら、桜子の言葉は耳に入っていなかった。それで夜間の急患には惣次郎が対応した。

酔った時の仲太郎の議論は、主として国の政治や外交に向けられた。仲太郎の攻撃の的になっていたのは、官僚化している高級軍人であった。高級軍人には天皇に直属しているという意識があって、国の政治や外交を自分たちの手で操り始めていた。

そういう時の仲太郎の言葉は横柄であった。

「あいつらが目論んでいるのは、天皇親政を口実に、自分たちの力で国の経済や社会を掌握して、国民の自由や財産を統制してしまうことだ。自由経済では貧富の差が広がるというのが国家社会主義者の主張だが、その末路が経済活動の低迷を招くことは目に見えている」

「森鷗外が求めたのは、皇室を中心にした国家社会主義だったと思うが……」

惣次郎が口を挟むと、仲太郎は躍起になって反論した。

「そこが陸軍の高級官僚であった森鷗外の限界だ。書斎にあった『鷗外全集』にも一応目を通してみたけれど、鷗外は明治以降の日本文化の舵取りをしてきた人だ。それはそれとして立派だと思うが、その行き着いたところが国家社会主義というのはいただけない。理念としては納得できないこともないが、それを利用する連中の存在が視野に入っていなかった。国家社会主義はドイツのナチスに共通する理念で、死を前にした鷗外の妄想のようなものだ」

「妄想？　そんなことはないだろう。鷗外は理念というものを、『かのように』と規定している。主義や理念は仮定の上に成り立っていて、国民を幸せに導くためのものだと言っている」

「理屈はそうかもしれないが、鷗外の国家社会主義の主張は、晩年に書いた『古い手帳から』という論文によるものだ。それを雑誌に発表した時には、署名が『ＭＲ』になっている。ということは、鷗外にはそれを実名で発表することにためらいがあったのだ」

「仮名で発表したのは、主張が『かのように』という仮定の上に立っていた証拠だろう？」

「それはそうだが……」

仲太郎は自分の主張を変えることはなかった。仲太郎の主張に一貫していたのは、日本の政治が軍部によって独裁化していくことへの杞憂であった。

仲太郎は共産主義を支持していたのではなかったが、軍部を批判すれば世間には共産主義者と決め付けられた。それが世の中の風潮になっていたのは、報道機関が軍部に媚びて国民を煽り立てていたからであった。

「家の中でそういう話をするのはいいけれど、外でそれを漏らせば治安維持法で警察に捕まるぞ」

「分かっています」

そう軽く返事をした伸太郎であったが、伊那町で行われた医師会の宴席で、日本、ドイツ、イタリアの間で結ばれようとしている三国同盟の批判を口にした。それが高遠警察署の耳に入って、二人の警察官が馬渕医院を訪れた。

「私の病気の節には、馬の先生には大変お世話になりました。今日は若先生にちょっとお聞きしたいことがありましてね」

応接間に通された年配の警察官は、低姿勢ではあったが、応対に出た惣次郎には嫌な予感があった。

あとから入室した伸太郎に、警察官は粘りつくような口調で言った。

「先日伊那町で医師会の会合がありましたね。若先生はそれに出席されましたね」

「出席しました」伸太郎が頷いた。

「懇親会にも出ましたね」

警官の鋭い眼は、伸太郎の反応をじっと見つめていた。

「その時に、若先生はドイツ、イタリアとの三国同盟の批判をされたとか……」

「そんなことは憶えていない。酔っ払っていたから」

伸太郎はそう答えて警察官に向き直った。

「それを誰が告げ口したの？」

「それは言えないが……」

「そんな不確かなことでここへ来るのはどういうこと？　僕は酔っていても三国同盟の批判などはしない。日頃そんなことは考えていないから」

そこで惣次郎が横から口を挟んだ。心の中では、「伸太郎は三国同盟を批判したに違いない」と思いながら。

「伸太郎の持論は、日本はドイツやイタリアなどの国家社会主義の国と連携しなければ、米英の勢力に太刀打ちできないということです。それをどなたかが聞き違えたのではないでしょうか」

「本当ですか？」

書棚の前に立って本の背文字を見ていた若い警察官が、疑わしそうな眼を伸太郎に向けた。

「決まっているじゃないか。日本は米英などに経済的な妨害を受けている。これを打ち破るためには、今や勢いのあるドイツと組むしかない」

伸太郎はそう言い放って若い警察官を睨みつけた。

「それにしても、そういうつまらない噂を流したのは誰ですか？　僕はそいつと直接対決をしなければならない」

「いえ……」

年配の警察官は急にどぎまぎし始めた。

「若先生が三国同盟を批判するとは思いませんが、こういう時勢ですので一応確かめなければならなくてね。それが私どもの職務ですから」

二人の警察官は深々と頭を下げて、逃げるように書斎を出て行った。警察官の姿が見えなくなったところで、惣次郎が伸太郎に言った。

「おまえの欠点は酒を飲んでべらべらとしゃべることだ。年配の警察官は私が肺炎の治療をした覚えがある。それで大目に見てくれたのだろう。こういう世の中だから、いつ何が起きるか分からない。酒には気をつけなくては」

「申し訳ありません」

伸太郎はこわばった表情をしていた。

数年前に信州では教員赤化事件というのがあった。大正期以来信州で盛んであった自由主義教育が、警察によって一挙に弾圧された事件であった。送検された教員が八十一人、そのうちで起訴された教員が二十九人に達した。

その中には共産主義を信奉する人もいたが、雑誌「白樺」を愛読していた人も交じっていた。自由主義や人道主義は、共産主義同様に国を滅ぼすものとされていた。

「いよいよ軍部の刃《やいば》がこちらへ向かって来た」

それが惣次郎と伸太郎の恐れたことであった。その刃に触れれば、自分たちが社会的に抹殺されるばかりか、高遠の人たちにも迷惑がかかることは目に見えていた。

その夜から伸太郎は、「晩酌はやめる」と言い出した。伸太郎は一度言い出したことには頑迷であった。

「警官が二人見えていたけれど、何かあったの？」桜子が心配して尋ねた。

「何もない」

惣次郎が伸太郎を助けて言った。

「警官はある患者のことを聞きに来ただけだ。その患者にはアカの嫌疑がかかっているそうだ」

「晩酌をやめることと関係があるの？」

「ないよ」

伸太郎の返事は素っ気なかった。

「酒屋で頭を下げて酒を売ってもらう私には、あなたが晩酌を止めるのは嬉しいけれど……」

「何かあったのじゃないの？」

麻里が横から口を出したが、会話はそこで途切れた。生まれたばかりの赤ちゃんがむずかり出したからであった。桜子は半年前に長男の圭介を出産していた。

翌日の午後、伸太郎が往診に出ている留守に、年配の警察官が一人で馬渕医院を訪れた。警察官によれば、東京の医学専門学校の松島三郎教授に伸太郎のことを問い合わせたということであった。松島教授は、

「伸太郎君は学校の成績が優秀で病院勤務も真面目で、思想的にはまったく問題がない」

そう言って太鼓判を押したということであった。

このような問題については、一度の事情聴取で納得するような警察ではなかったのである。惣次郎はそれを聞いて、自由の幅が日ごとに狭まっていく日本の国の将来を憂えた。

仲太郎が惣次郎の真似をして、俳句のようなものを作り始めたのはその頃からであった。窮屈な世の中から逃れたい気持ちが動機であったが、仲太郎には定型詩に自分の思いを押し込めるのも性《しょう》に合わないという感覚があった。

幼児のドングリ眼《まなこ》
二十年先を見つめている

「圭介のドングリ眼を俳句にしてみた。どうだ？」

仲太郎が桜子に尋ねた。桜子は布団の上の圭介をあやしながら、

「それが俳句なの？」と言って笑った。

「俳句でなければ短歌だ」

「あなたは何をしても発想が変わっているのね。あなたらしくて面白いわ。そういうのをどんどん作ればいいわ」

桜子におだてられて、仲太郎は折に触れて二行の詩を作るようになった。往診に出た時には、馬の背中で詩を作るのを楽しみにしていた。

ぶなの木漏れ日

神様が梢で手を翳している

夕食時に伸太郎の詩を聞いた麻里は、

「私のような無学のものにも情景がよく分かるわ。難しい時事演説よりずっといい」

と言った。惣次郎も同調した。

「俳句か短歌か分からないが、面白いじゃないか。おまえには生まれつき文学の才能があるようだ」

伸太郎からは次々に二行の詩が生まれ、伸太郎はそれをノートに書きとめていった。

山から山へ五色の虹
虹の上にポツリポツリと神の黒い足跡

萩の花に降り注ぐ雨
雨粒の中で子どもが踊っている

軒下に夕日の屈折
猫が口を開けて欠伸をしている

机の上の一粒の豆

万年の過去と万年の未来が詰まっている

このような詩の世界に遁れていても、仲太郎は世の中のことを忘れたのではなかった。

診察室に一人でいる
外では音を立てて崩れるものがある

音を立てて崩れているのは、日本という国であった。日本の社会は出口の見えない閉塞状況にあった。そこから来る国民の閉塞感に風穴を開けていたのは、陸軍の中国大陸への侵攻であった。

「戦争で日本の将来を切り開くしかない」

そういう言葉が、日常会話の中で公然と飛び交うようになった。新聞には戦争を謳歌する記事が目立っていた。

つむじ風
路上でばたばたと倒れる人の声

大きな戦争が近いことは仲太郎にも分かった。惣次郎にそれを漏らすと、

「南北朝の時代に似て来たな。差し当たり軍部が足利尊氏の勢力だ。宗良親王の苦労を繰り返したくは

ない」
という言葉が返った。惣次郎は今の世の中が、宗良親王の時代のようになることを恐れた。

伸太郎は月に一度、入野谷の溝口にある野口家に往診に出かけた。野口家の二男の真二が肺結核で伏せていたのである。

野口家はこの地の豪農で、真二は師範学校を出て小学校に勤めていたが、肺結核に罹って学校を辞めた。

真二は母屋の裏の離れで近くの農家の老婦の世話になっていた。離れは真二専用のサナトリウムのようなものであった。

真二は眼下に三峰川の流れが見えるテラスの椅子で、本を読んでいることが多かった。

「気分はどう？」

伸太郎が尋ねると、真二からは、

「これまでと同じです」

という答えが返った。真二の病状は一進一退で大きな変化がなかった。

「何を読んでいるの？」

「これですよ」

差し出された本の表紙には、『死の家の記録』とあった。

「ドストエフスキーがシベリヤへ流された時の記録です。ロシアでは国の方針を批判するものは、片っ端からシベリヤ流刑にしたのですってね」

仲太郎はドストエフスキーの『死の家の記録』を読んではいなかったが、真二に中身の説明を聞いていると、「今の日本に似ている」という感触があった。だが、医師会の失敗で懲りていたので、それを口にすることはなかった。

仲太郎は診察が終わったあとで、一時間ほど真二の話し相手になっていた。話し相手を求めている真二の気持ちを察していたのである。

真二の話は世の中に対すると批判と愚痴が多かった。真二は社会から隔離されているのに、社会のことには通じていた。その雑談の中で、

「宗良親王」

という言葉が飛び出した。それは仲太郎が惣次郎に何度も聞かされた名前であった。

「宗良親王がどうしたの?」

「この近くに常福寺という曹洞宗のお寺がある。あのお寺の屋根裏から宗良親王の木彫の坐像が出てきた」

「常福寺なら門の前を通ったことがある。あのお寺はこのあたりの古刹なのだろう?」

仲太郎はアジサイに囲まれた赤い屋根の寺を頭に描いた。

「その宗良親王の坐像の胎内から、古文書が出てきたという話だ。その古文書に何が書かれてあったと思います?」

「…………」

「宗良親王が殺された事情が書かれていたということです」

「宗良親王は殺されたの？」

「そう言われています」

真二はそれから後醍醐天皇と宗良親王の説明をしたが、それは惣次郎から聞かされた話の範囲を出なかった。

宗良親王が暗闇から抜け出て
頭の上に満月を戴いている

仲太郎が入野谷からの帰り道に、馬の背で作った詩である。頭の上に満月を載せた宗良親王の姿は、真二の話から連想したものであった。

仲太郎は宗良親王の坐像の話を家に持ち帰った。その話を聞いた惣次郎の反応は予想を超えていた。

「それは本当か？」

惣次郎は目を見開いて仲太郎の顔を見た。

「真二さんがそう言ったのだから間違いはないと思う。学校の先生だった人だから不確かなことは言わないだろう」

「常福寺へ行けば、その宗良親王の像を見せてもらえるかな」

「見せてもらえると思うよ。隠しておくことではないのだから」

「それはそうだな」

それから惣次郎がこまごまと話したのは、祖父の惣一が大河原で宗良親王と出会った話であった。晩年の惣一は、惣次郎に宗良親王の話を聞かせては、

「あの世で宗良親王とお会いして話したいことがある」

と言った。惣次郎が、

「本当にあの世があるの？」

と言うと、惣一は「ある」と言い切った。

「平田篤胤先生があの世はあると書いている。若い頃の私はそれを本気で信じていたわけではなかったが、大河原で宗良親王にお会いしてからは、その実在を疑ったことはない。私はあの世で宗良親王に会えるのを楽しみにしている。あの世を疑う人は疑えばいい。あの世を信じるようになってからは、私は死ぬことが怖くなくなった」

この時の話を惣次郎は思い出したのであった。肺結核で亡くなった惣一の末期の歌も、「この世にはおさらばをしてあの世では宗良親王と親しい語らい」というものであった。

「常福寺の宗良親王の坐像を見たい。常福寺に打診してみてくれないか」

惣次郎に頼まれた仲太郎は、往診の時に常福寺に立ち寄って住職に会った。恰幅のよい住職は、頬をにっこりと綻ばせて優しい声で言った。

「馬の先生なら大歓迎です。お待ちしています」

仲太郎はその時に、曽祖父の惣一が大河原で宗良親王と出会った話を紹介した。住職は耳を傾けて聞

いて、

「この世にはそういうこともあるだろうな」と頷いた。惣一の話を信じている口調であった。

「私も馬の先生からその話を詳しく聞いてみたいものだね。庫裏《くり》で一泊するのもいい。馬の先生には、そのつもりで出掛けてくるようにお伝えください」


その頃の惣次郎は、自分の病気が急速に進行していることを自覚していた。だが、病床に就くほどのことはないと自己診断をしていた。

惣次郎は祖父の惣一に聞かされて、天皇親政が望ましい国のかたちであると考えていた。森鷗外の考え方もその後押しをした。だが最近の国の様子を見ていると、天皇が現人神《あらひとがみ》として崇拝される風潮に伴って、世の中から自由が失われていくという危機感を抱いていた。

海外では中国大陸での戦いが拡大し、日本は中国を後押しする米英と一触即発の状態にあった。国民の生活も年を追って困窮を極め、高遠でも娘を遊郭に売り飛ばした家があるという噂が流れた。

「天皇親政とは何であったのか」

惣次郎はそれを考えると、気分が落ち込んだ。そういう時に伸太郎から持ち込まれたのが、

「宗良親王の坐像が発見された」

という話であった。惣次郎はその話に飛びついた。

「宗良親王の像を見てこの国の過去や将来を考えてみたい」

というのが惣次郎の気持ちであった。

涼しい秋風が高遠の空を渡るようになって、周囲の山々は紅葉に染まった。高遠城址の桜の葉も赤く色づいた。

惣次郎は入野谷の常福寺まで歩いて行くことにした。小学生の頃に両親と歩いた道を、逆にたどってみたかったのである。惣次郎には、「これが最後の外出になる」という気持ちがあった。

その日の惣次郎は、

「明日の夕方までには帰る」

と家族に言い残して、高遠の馬渕医院を出発した。

惣次郎の持ち物は、昼食のおにぎりを入れた袋だけであった。袋一つを肩にかけて歩くのが、体力の消耗が激しい惣次郎の限界であった。

4　あの世

高遠から常福寺のある街道に入るためには、三峰川沿いの阻道《そばみち》を抜けなければならない。右手の下方には三峰川が流れ、左手は山の斜面を崩した崖になっていた。崖の表面は蔓草や苔が覆っていた。

この道は高遠城の防衛のために、戦国時代に造成されたものである。東方から高遠へ出入りするためには、この阻道を通らなければならない。この道を地元では「除《よけ》」と呼んでいた。

除の道を抜けると南北に走る街道筋に出た。このところ病気を抱えて自宅の離れにこもっていた惣次郎は、久しぶりに自然に同化している自分を感じていた。

小さな集落が見えて、前方の神社の境内に人だかりがしていた。鳥居に日の丸の旗が立て掛けてある様子は、出征兵士の見送りに違いなかった。

境内の正面の石段の上には、軍服を着た青年が、「北原勇」と書いた襷《たすき》を肩に掛けて直立していた。その前に大勢の村人が日の丸の小旗を手に持って立っていた。

年老いた村長の挨拶が終わって、

「出征される北原勇君から挨拶を」

という進行役の言葉で、北原勇は首を左右に振って見送り人を視野に収めた。それから力強い声を張り上げた。

君のため世のため
何か惜しからん
棄ててかいある命なりせば

「この宗良親王の歌が、私の現在の心境であります。天皇陛下のため日本国のため、これから中国大陸へ渡って命をかけて戦ってまいります」

続いて軍歌の合唱が始まった。それを聞いていると、惣次郎には体の力が抜けるような違和感が募っ

て、急いでその場から離れた。自分が抱いた違和感の正体について考えていると、

「日本は何のために中国と戦わなければならないのか」

という疑問に突き当たった。

大陸内部への侵攻で、新聞には連日「相次ぐ日本軍の勝利」と書き立てられていた。日本帝国はやがて世界を制覇するであろうとも書かれていたが、日本軍の勝利が日本国民の幸せとどのようにつながっているのか。それが惣次郎には疑問だったのである。

集落が途切れて三峰川に沿った道を歩いて行くと、頭の上を一羽の茶色の鳶《とび》が旋回していた。鳶は突然急角度で三峰川の河原へ飛び降りて、嘴に何かを挟んで飛び立った。惣次郎が見上げると、嘴に挟まれていたのは蛇であった。蛇は鳶の嘴で体を折り曲げてもがいていた。

惣次郎は立ち止まって鳶の行方をじっと見つめていた。日本が中国大陸で行っているのは、あの鳶と同じことではないかと考えながら。

鳶の行動を見ていた時に、惣次郎は自分の体の内部に急激な変調を感じた。体を貫いている心棒が抜き取られた感じであった。惣次郎は最近の自分が末期の時を迎えているのではないかと恐れていた。伸太郎も一緒に惣次郎の治療に当たっていたが、家族の前でそれを口にすることはなかった。

惣次郎はその時に、野口家に立ち寄って肺結核の真二に会うことを思い立った。野口家には十年ほど前に、婆さんの診察に立ち寄ったことがあった。

野口家の冠木《かぶき》門《もん》を入ったところで、

「馬の先生！」

という声が聞こえた。声の主は土蔵の前に立っていた。見覚えのある野口家の当主であった。

「お久しぶりです」

惣次郎が頭を下げた。

「真二が若先生に大変お世話になっております。どうぞ……」

主人が惣次郎を母屋の玄関へ誘ったが、惣次郎は、

「息子さんの様子を見に立ち寄っただけですから」と断った。

真二のいる離れは洋風の瀟洒な建物であった。真二は惣次郎の姿を見ると、

「馬の先生……」と声を上げた。

「具合はいかが?」

「若先生には大変お世話になっています。ここにいると、自分が病気なのかどうか分からなくなることがあります」

「そうか……」

惣次郎は持ち歩いている聴診器をポケットから取り出した。ガウンを広げた真二の胸に聴診器を当てると、肺結核特有の雑音が感知された。

聴診器をポケットに収めた惣次郎は、テラスに立って外の景色を眺めた。

「下に見える三峰川の景色がいいね。川の向こうの山は何という山?」

「あれは三界山《みつがい》です。その向こうに伊那町があります。私はそこの小学校に勤めていたのでしたが……」

「病気を早く治して、そこへ復職できればいいね」

惣次郎は来る途中で出会った出征兵士の話をした。頷きながら聞いていた真二は、

「北原勇というのは僕の中学の同級生の弟だよ」と言った。

「そうだったのか」

「僕が健康であれば、そのうちに僕にも召集令状が来るかもしれない」

真二はそこで言葉を切って、

「叱られるかもしれないが、僕は戦争には行きたくない」ときっぱり言った。

「出征する北原勇君の挨拶の歌は、宗良親王の歌だと思うけれど、戦争で人を殺すことが君のため世のためになるのだろうか」

「難しい問題だね」

惣次郎は自分と同じことを考えていた真二の顔を見直したが、この話題は切り替えなければならないと考えた。この会話が外へ漏れれば、伸太郎のように警察に目をつけられる恐れがあった。

「常福寺で宗良親王の坐像が出たということだね」

「ここでは評判ですよ」

「これからそれを見せてもらいたいと思ってね」

「それなら御山《みやま》にも登ってみるがいいと思います。あれは宗良親王の御陵と言われています」

「親王の御陵があるの？」

「子どもの頃には、あの山に登ると脚が痺れると言われて誰も登らなかった。しかし、最近になって山

の頂上に宗良親王の墓石が安置されたので、住職に断ればお参りできるということです」

母屋から廊下伝いに主人が現れて声がかかった。

「先生。用意しましたからお昼を召し上がっていってください」

「おにぎりを持って来たから」

惣次郎が断ったが、真二に、

「家の食事が僕の病気に向いているかどうか診断してください」

と言われて無碍に断れなくなった。懐中時計を見ると十一時を回っていた。


昼食のあとで常福寺へ向かった。常福寺の門の前に立つと、裏山の松の枝が三峰川から昇って来る気流でゆさゆさと揺れていた。

玄関の階段の下に立った惣次郎が、

「お願いします」

と声を発すると、右手に続く建物の戸が開いて、体格のよい住職がにこやかな顔を出した。

「ようこそ、馬の先生」

惣次郎が入った玄関の左手は、本堂の内陣につながっていた。きらびやかな柱や天蓋の下に仏壇が見えたが、

「まずはこちらでお茶でも」

と案内されたのは、奥まった畳の一室であった。座卓の前に座った惣次郎の目に飛び込んだのは、床

の間に掛っている一幅の掛け軸であった。

　春は花
　夏ほととぎす秋は月
　冬雪冴えて涼しかりけり

　それを見て惣次郎が言った。

「道元ですね」

「そうです。曹洞宗を開かれた道元禅師の歌です」

　住職はお茶を注《つ》ぎながら続けた。

「道元禅師は宗良親王より一時代前の方ですから、宗良親王はこの歌の存在を知っていたことでしょう」

「有名な歌ですからね」

　住職の視線は、お茶を啜りながら道元の掛け軸に向けられていた。

「宗良親王は戦と歌の二人三脚の人生を送ったお方です。戦に駆り出されて戦っている親王と、歌を詠んでいる親王、この二つを織り合わせたのが宗良親王の一生だったのでしょうね」

　住職はそう言って惣次郎の顔を見て、

「これは理屈を」と顔を赤らめた。「坊主は講釈をしたがって困りものです」

「いえ、もう少し聞かせてください」

惣次郎には住職の話に頷けるものがあった。自分も医師をしている自分と、俳句を作っている自分とは、人生の裏と表ではないかと思ったのである。住職が言葉を補った。

「後醍醐天皇の政治を支えて、仏教で禁じられている殺生を犯しながら悪戦苦闘していた宗良親王と、歌人として平和な世の中を求めていた宗良親王とは、同一の人間であると言いたかったのです。親王から戦を取り除けば、自然の中に生きた歌人としての宗良親王になるでしょう」

「深い人間観察ですね」

惣次郎は住職の顔を改めて見返した。仏教では人間をそのようにとらえているのかと思ったのである。

そこで惣次郎は、惣一から聞いた宗良親王の話を披露した。大河原で惣一が宗良親王と出会った時の話を、住職は瞬きもしないで聞き入っていた。それは惣一の体験を真正面から受け止めて聞いている表情であった。

「それでは宗良親王の坐像を……」

惣次郎の話が一段落したところで、住職はお茶を啜って立ち上がった。惣次郎は住職に続いて重い体を持ち上げた。

本堂は一段高いところにあって、床には畳が整然とはめ込まれていた。その正面が高い須彌壇《しゅみだん》になっていた。

須彌壇の中央には、天蓋の下に二尺ほどの黒ずんだ坐像があった。それが宗良親王の坐像であることは、惣次郎には一目でわかった。

仲太郎の詩が頭に浮かんだ。

　宗良親王が暗闇から抜け出て
　　頭の上に満月を戴いている

　宗良親王の坐像は、背を丸めてゆったりと座っていた。手を前で交差させた前屈みの姿勢であった。うつむき加減の顔は上品に微笑んでいた。頭の上の満月は仲太郎の想像であろうが、それは宗良親王への希望を託したものに違いなかった。

「今年の五月のことでした。本堂の屋根を修理している最中に、屋根裏からこの木像が落下したのです。この木像は屋根裏の鴨居《かもい》の上に安置されていたのです。黒くなっているのは、屋根裏の下が昔は庫裏の囲炉裏《いろり》だったので、煙によって燻製のようになったものでしょう」

「そうでしたか」

「この木像が落下した時点では、宗良親王の像であるとは思わなかったのです。ところが、背中に開けられた祠《ほこら》の中に文書が入っていることが分かって、それでこれが宗良親王の像であると確認されたのでした。その文書の写しがこちらにありますので、目を通してみてください」

　その文書の写しは、仏壇の前の台の上に広げてあった。

　元中《げんちゅう》二年の秋、新田一族のもの、桃井、香坂、知久など待ちうけきたり。尊澄法親王を擁護して、諏訪祝（上社）に赴達せんとす。

岐辺にて逆賊にあい、その一族擁者、二三松風峰大徳王寺に帰る。法親王の薨去あらわるるを恐れ、また、新田病死にて逆賊きたるを恐れ、ひそかに埋神し奉り、桃井、香坂、知久、大河原に去る。

いま尹良親王当寺に来たり。尊墓を築き、法像を建立して法華経を写し、尊墓に納め、宝塔を造立す。

また新田その他一族のため塔を立て菩提となす。納金二枚上酬して、慈恩愛族に報いて、桃井氏去るなり。

元中八年　大徳王寺尊仁

住職が柔らかい口調で説明をした。

「宗良親王は元中二年に薨去されたということですから、これはその六年後に尹良《ゆきよし》親王が奉納されたものですね。尹良親王は宗良親王の子で、その尹良親王がここへ来て、宗良親王の菩提を弔ったものでしょう」

「…………」

「桃井、香坂、知久というのは、宗良親王を最後まで支えていたこのあたりの土豪であり南朝方の武将です。新田一族というのは、新田義貞の亡きあとの一族で、その一部がここ大徳王寺に遁れていたのです」

「………」

惣次郎は宗良親王の坐像をじっと見つめて微動もしなかった。その時に惣次郎の耳には宗良親王の読経の声がかすかに聞こえていた。坐像の唇がぴらぴらと動いて、声はそこから発生していた。

声は次第に大きくなって、それに伴って宗良親王の坐像も膨れ上がった。それが等身大になった時には、読経の声は本堂いっぱいに響いた。それは聞いたことのある般若心経《はんにゃしんぎょう》であった。

「先生……」住職の声である。

「は？」

惣次郎の意識が元に戻った時には、宗良親王の読経の声は遠のいて、坐像は須彌壇の上に収まっていた。

住職が惣次郎の後ろに立っていた。住職は惣次郎に言った。

「これから宗良親王の石塔のある御山《みやま》へまいります」

「住職さんは今お経を上げていました？」

「いえ。庫裏で大黒と今夜の打合せをしていました」

「そうでしたか」

惣次郎が聞いた読経の声は、あの世の宗良親王が発したものに違いなかった。その声は祖父の惣一が聞いたという宗良親王の声と同じものだったであろう。

「御山までは十分もあれば……」

「はい」

立ち上がった惣次郎は、自分の脚が痺れていることに気がついた。御山に上ると脚が痺れるというのは、このことを言っていたのであろうか。

そんなことを考えながら、玄関を出て山沿いの道を歩いていると、こんもりと盛り上がった小さな山の下に出た。

「これが御山です」

住職の言葉で山を見上げた惣次郎は、「なるほど」と頷いた。山の裾の盛り上がりを利用しているが、それは御陵に相応《ふさわ》しい形をしていた。山を覆っている杉の木の間を、狭い道が真っ直ぐに上っていた。

惣次郎は住職のあとについてその道を登った。頂上までは五分とはかからなかったが、惣次郎の息切れは激しかった。惣次郎には自分の体力が限界に来ているという自覚があった。

山の上に立って周囲を見回すと、御山は周りの山から独立していて、間違いなく人工の築山と思われた。

「これが宗良親王の無縫塔《むほうとう》です」

御山の頂上には、二重の基壇の上に卵形の石がたてに据えられていた。石の正面には菊の御紋章が掠れて見えた。住職はそこを指差して説明した。

「消えかかっているけれど、ここに『尊澄法親王』という文字が読み取れるでしょう？　この石の側面には『尹良』の文字が読み取れます。尊澄法親王というのは、出家した宗良親王の名前です。この塔を建立したのが宗良親王の子の尹良親王でした」

「そうでしたか」

「この石は御山の下に転がり落ちていたのが発見されたのでしたが、その時には宗良親王のものとは分からなかったのです。形から見て僧侶のものであろうということで、常福寺の境内に安置してありました。ところが、昭和になってここへ調査に訪れた歴史家によって、宗良親王のものであることが判明しました。御山が宗良親王の御陵であることも判明して、石塔をここへ持ち上げて据えたのでした」

「この石塔はここにあるのが本来だったのですね」

「そうです。この築山は皇族の御陵ですから、ここへ登ると脚が痺れるという噂を流して、一般の人を寄せ付けなかったものでしょう。いまでは春と秋に供養の例祭を行っています」

「そういうことでしたか」

奈良や京にある皇族の御陵も、そこへの立ち入りが禁じられている。脚が痺れるという噂が流れたのは自然のことであった。

「これから村の中を歩いてみましょう」

惣次郎が住職に案内されて歩いたのは、大徳王寺城の跡地（上城と下城）、それに熱田神社などであった。熱田神社の社殿の彫刻は、日光東照宮を模した豪華なものであった。惣次郎はそこに日本の伝統文化の一面を見る思いがした。

惣次郎はそれらを見学しながら、この地の歴史に懐かしいものを感じていた。それは初めて高遠を訪れた時に感じた感覚に共通していた。

伸太郎の二行の詩が頭に浮かんだ。

机の上の一粒の豆
　万年の過去と万年の未来が詰まっている

　この「一粒の豆」は、文化財や遺跡などに置き換えてもよい。村や町のたたずまいに置き換えてもよい。自分自身の存在に置き換えてもよい……。

　そのような感慨を抱きながら、惣次郎は息切れのする体をなだめながら常福寺に戻った。その頃には、秋の日はつるべ落としに暮れかかっていた。


　惣次郎は庫裏の奥まった一室に招かれた。そこは寺の客人が利用する部屋であった。座卓の上にはご馳走が並べられていた。

「精進料理ですが……」

　大黒が畳に座って丁寧な挨拶をした。惣次郎は、

「ご厄介になります」

　同じように畳に額を付けた。

「般若湯《はんにゃとう》を！」

　住職の一声で、大黒は「はい」と返事をして部屋を出て行った。

　惣次郎には確かめておきたいことがあった。それはこの日の見学のまとめでもあった。

「今日見せていただいた遺跡や遺物によれば、宗良親王は元中二年に逆賊に殺されて、遺体がこの寺へ運ばれて埋葬されたのですね。それから六年がたって、尹良親王がこの寺へ来て御陵を造成し、親王の坐像を寺へ納めたということですね。その頃のお寺の名称は大徳王寺……」

「そういうことです。私はそのように信じています。しかし……」

「しかし？」

「宗良親王の墓は他にもありましてね」

「大河原ですね」

大黒が銚子と盃をお盆に載せて現れた。

「食事の前に一杯いかが。馬の先生はお酒に強いとお聞きしていますから」

惣次郎は大黒の前に盃を差し出しながら言った。

「酒に強いのは若の方です。私は不調法で……」

「そうでしたか」と大黒がにこやかに笑った。「でも酒は召し上がるのでしょう？」

「少しでしたら……」

「うちは般若湯が好きで困ります」

「いいじゃないですか」

そう言った瞬間に、惣次郎の体内で「ドドドッ……」と響くものがあった。惣次郎は縋りつくような眼を住職に向けた。

「何か音がしませんでした？」

「いや……」

　住職が盃を唇に当てながら言った。

「先程の話に戻しましょう。徳川光圀の編纂した『大日本史』には、宗良親王の最期について、『その終わるところを知らず』とあります。どこで亡くなられたのか分からないというのです。これが昔の一般的な解釈だったのでしょう」

「そうでしたか」

「ところが京都醍醐三宝院の文書に、『大河原というところで虚しくなられた』と書かれてあるのが発見されました。大河原には宗良親王の供養塔がありますから、それで俄然大河原の信憑性が出てきました。ですから、大河原の人は、宗良親王は大河原で亡くなられたと信じているようです」

「宗良親王は大河原の滞在が長かったからね」

「ところが……」

　住職は盃を口に運んだ。

「遠州の井伊谷にも、『宗良親王御墓』があります。これは江戸時代に、旗本の知久頼久《ちくよりひさ》が、先祖からの言い伝えによって建てたと言われています」

「井伊谷も宗良親王と関係がありましたからね」

「宗良親王が亡くなられたと言われている場所は、そのほかにもあるのです。そのことから読み取れるのは、宗良親王は多くの人に慕われていたということです。親王が自分のところで亡くなられたと信じたい気持ちは、私にも分からないではない」

「でも御陵と坐像があるのだからここが本番でしょう?」

「私もそう考えていますが、学者の中にもそれに異を唱える人がいます。裁判であれば物証があるのはここなのに。その物証が疑われているのです」

「そういうものですか」

惣次郎が頷いたが、住職からは、

「まあ、しかし……」と低い声が返った。「しかし」という問い返しの言葉は、住職の口癖のようであった。

「私はここが本番と信じていますが、しかし本当はどこであってもよいと思っています。その土地の人が『自分のところだ』と信じれば、それでいいのではないでしょうか。お墓はいくつあってもいい。信仰というものは、『これに違いない』という思いの上に成り立っているものですから」

それを聞いて、惣次郎の頭に浮かんだのは、森鷗外の「かのように」という小説であった。天孫降臨の神話も、「真実であるかのように」受け止めることによって、日本の国体は健全に維持できるという内容であった。宗良親王の墓についても、それと同じことが言えると思ったのである。

関連して思い出されたのは、森鷗外の墓が、生活していた東京三鷹の禅林寺と、生まれた津和野の永明寺の二ヵ所にあるということであった。そこには「どちらが正しい」という議論は成り立たない。どちらも鷗外の墓があってよい場所なのである。

「住職さんにはよいことを聞かせていただきました。信仰というのは、『これに違いない』という思いの上に成り立っているということですね」

「そうです。宗良親王も神の血筋であるという思いに縛られて一生ご苦労されました。しかし……」

住職の目が暗くなった。

「ここで話したことが外に漏れると、特高（特別高等警察）に検束されかねない。皇室に関わる信仰を『それに違いない』などと言えば、国家騒乱の罪になるからね。嫌な世の中になったものです」

惣次郎が右手の指を口の前に立てた。

「これですな。嫌な時代になりました」

その時の惣次郎は、「言論の自由がこれほど規制された時代が、かつて日本の歴史にあっただろうか」と考えていた。

「宗良親王は後醍醐天皇の勅を受けて、天皇親政の実現のために頑張った人です。命を懸けて頑張ったけれど、無駄骨を折り続けた人でもありました。それで『悲劇の親王』などと言われています」

住職は座卓の上に紙を広げて、

「自ら」

と毛筆で書いた。流れるような達者な文字であった。

「失礼ですが、これを何と読みます？」

「みずから」

「ほかの読み方は？」

「おのずから」

「さすがに馬の先生ですね。『みずから』と『おのずから』は、同じ文字で表現しても中身は違います」

「…………」

「宗良親王は後醍醐天皇に従ってみずから頑張ったけれど、その努力は不調に終わりました。しかし、晩年には民の中におのずからなる流れを見出していました。その流れに働きかけるのが、国を治める者の役目であることに気付いたのでした。今の世の中を見ると、民の中にあるおのずからなる流れを見失って、軍部のみずからの力にふりまわされて、混乱を極めているのが実情ではないでしょうか」

「………」

そうであれば、天孫降臨の旗を振って大日本帝国を讃えているこの国の熱狂は、軍部のみずからの力が沈静するまで醒めないのであろうか。

「仏教の教えというのは凄いですね」

惣次郎がため息をつくと、住職は「いや」と声を発した。

「人間の作為を持ち込まないで、自然や人間の営みの事実を事実として真正面から受け止めるだけです」

「はあ……」

「そうやって見えてくるものは、すべてが仏の心の表れですから。こうでなければならない、ああでなければならない、というのは人間の作為なのです」

混乱していた惣次郎の頭の中は、時間の経過と共にしだいに整理されていった。その時に行き着いたのは、宗良親王の一生は天皇親政を目指す戦いの中で踊らされていたが、宗良親王の歌は、おのずから生まれたものに違いないということであった。

その夜の惣次郎は、なかなか寝つかれなかった。うつらうつらしては目覚め、またうつらうつらしては目覚めた。体内の病巣が急激に活性化していることは、惣次郎にもはっきり分かった。

夜中に遠くで低い唸り声を聞いた。神経を集めて聞いてみると、それは昼間聞いた宗良親王の読経の声であった。

惣次郎は重い体を起こして、暗い廊下を伝って本堂へ向かった。体が左右に揺れるために、手を内壁に触っていなければならなかった。

本堂では灯明の薄明かりの中に、円い月の光が目に飛び込んだ。須彌壇の前に座って読経していたのは、等身大の宗良親王で、その頭には満月が載っていた。それは明るく光っていたが眩しくはなかった。親王は手を前に合わせて読経していたが、昼間と違うところは、眼を大きく見開いて前方を睨みつけていたことであった。

惣次郎はその眼光に射竦められて、自然に宗良親王の前に跪いた。宗良親王の読経の声が、頭の上を松風のように吹き抜けていった。それは気が遠くなるような時間であった。

「宗良親王様……」

惣次郎が読経の抑揚の合間を待って声をかけると、読経の声がぴたっと止まった。

「何か?」

「祖父の馬渕惣一とは話をされました?」

「惣一？　惣一はそこにいるではないか」

惣次郎の横には、網を張ったような黒い影があった。それが親王の頭の月の光に照らされていた。見覚えのある惣一の影であった。

「おじいちゃん……」

「惣次郎も年をとったなあ。おまえは何歳になった？」

「六十二歳」

「そうか。私がこの世へ来た時と同じ年齢になったな」

「この世？」

「この世だ」

惣一は手であごをつかんで笑った。その時には惣一の影は鮮明になって、目鼻も口元も月の光でくっきりと見えた。

「この世はおまえにとってはあの世であったな」

「ここがあの世？」

「惣次郎は自分や他人の病気との闘いで一生苦労したであろう。だがこの世界では病気に罹ることはない」

「………」

「おまえは精いっぱい生きた。子孫も残した。心残りはないであろう」

惣次郎は家族の顔を思い浮かべた。麻里、桜子、伸太郎、圭介……。惣一の辞世の歌が頭に浮かんだ。

　この世にはおさらばをして
あの世では

自分がこの世におさらばをしても、家族は困らないであろうが、家族を容れている世の中の器は、これからどのようになっていくであろうか。

「おのずから……」

宗良親王の厳かな声であった。

「は？」

「死ななければ生まれないこともある」

「はあ？」

「殺生を犯した私が、この世に来て本来の私になったように……」

その瞬間に、惣次郎の体は宗良親王の頭上の円い月の中へ吸いこまれていった。そこには眩《まばゆ》い光の充満した広い世界があった。惣次郎の体はその中を松風のように漂っていた。

翌朝、本堂へお勤めに出た住職は、仏壇の宗良親王の坐像の前で倒れている馬渕惣次郎を発見した。

「先生。馬の先生」

大声で呼びかけたが返事はなかった。

伝令が走って伸太郎が馬で常福寺に駆けつけた時には、惣次郎は完全に息絶えていた。伸太郎は惣次郎の遺体にしがみ付いて声を上げて泣いた。

宗良親王像と伝えられる坐像(常福寺蔵)

宗良親王墓として確認された無縫塔

大鹿村御所平（大鹿村教育委員会提供）

あとがき

本書は宗良親王の「霊」を書いた幻想小説で、敢えて言えば歴史幻想小説ということになります。宗良親王の「霊」を通して、日本人としてのあり方や政治の在り方を描いたものです。

主な参考文献は別記のとおりですが、これを大別すれば、宗良親王に関わる文献、平田学派に関わる文献、明治・大正・昭和時代の政治や社会に関わる文献、この三種類になります。しかし、これらはあくまでも参考文献であって、本書は史実に忠実に書いたものではありません。「霊」の必要に応じて参考にさせていただきました。

しかし、言うまでもなく中心資料の宗良親王の歌には手を加えてありません。ただ読みやすくするために、三行に分けて表現しました。後醍醐天皇の歌、長慶天皇の歌なども出てきますが、本書の中には私の創作した短歌や俳句も交じっていますので、念のため。

登場人物は実在人物の実名を用いたもの、モデルは実在するが変名したもの、私が創った架空の人物の名前などがあります。これも「霊」の必要に応じたものですので、念のため。

出て来る主な舞台は、井伊谷（浜松）、木曾、大平、飯田、大河原、長谷、高遠などですが、それらの土地には何度か足を運びました。とりわけ大河原と長谷には、五、六回通って調査活動をしました。

その際に、大河原の中川豊さん（前大鹿村長）、大河原出身の荻原弥生さん、長谷の松田泰俊さん（常福寺住職）、また、下伊那教育会の湯澤正農夫さん、下伊那歴史編纂会の方々には、一方ならないお世話になりました。心から感謝を申し上げます。

また、本書の出版に当たっては、「ほおずき書籍」の児林眞文さん、中澤克彦さんに大変お世話になりました。

主な参考文献

○黒河内谷右衛門 編著「宗良親王全集」（甲陽書房）
○御手洗清「宗良親王と井伊谷宮」（遠州出版社）
○日高瓊瓊彦 編「宗良親王の御遺蹟を溝口に探るの記」（文教振興会）
○太平山常福寺「常福寺のあゆみ」（太平山常福寺）
○「太平記」（新潮社）
○長谷村文化財専門委員会「長谷村の文化財」（長谷村文化財専門委員会）
○県惣一「宗良親王 南朝悲話」（遠州出版社）
○長谷村誌刊行委員会「長谷村誌」（長谷村誌刊行委員会）
○市村咸人「伊那谷の歴史」（伊那史学会）
○市村咸人「宗良親王」（下伊那教育会）
○平田篤胤「霊の真柱」（岩波書店）
○平田篤胤「仙境異聞」（岩波書店）
○平田篤胤「勝五郎再生記聞」（岩波書店）
○永原慶二「内乱と民衆の世紀」（小学館）
○島崎藤村「夜明け前」（筑摩書房）
○今井白鳥 編「近世郷土年表」（飯田史学会）
○和歌森太郎「日本民族史」（筑摩書房）
○市村咸人「伊那尊王思想史」（国書刊行会）
○本居宣長「直毘霊」（岩波書店）
○「古事記」（岩波書店）
○原田信男「中世の村のかたちと暮らし」（角川学芸出版）
○半藤一利「昭和史」（平凡社）
○松本重治「昭和史への一証言」（たちばな出版）
○江口圭一「二つの大戦」（小学館）
○石井寛治「開国と維新」（小学館）
○「鷗外全集」（岩波書店）
○唐木順三「森鷗外」（筑摩書房）
○唐木順三「森鷗外―その人と文学」（筑摩書房）
○大鹿村誌編纂委員会「大鹿村誌」（大鹿村誌刊行委員会）

カバー「宗良親王肖像」（池上秀畝・画）は伊那市長谷・常福寺蔵

著者略歴 ――――――――

大槻 武治（おおつき たけはる）

長野県生まれ。長野県下の小・中学校勤務。長野県教育委員会指導主事・学校教育課長、箕輪町教育長を歴任。文部省海外教育事情視察団団長。

著書には「不完全燃焼時代」（東洋出版）、「夜明け前の殺人―南山百姓一揆の顚末」（東洋出版）、「アイデンティティ・クライシス」（東洋出版）、「鬼が見た！」（東洋出版）、「ばかぱか生きる」（岳風書房）、「小さな独裁者」（東京図書出版）、「信濃人生浪漫―分杭峠」（総和出版）、「ある信州教育の回想―伊那の勘太郎」（信州教育出版）、その他がある。

信濃宮 宗良親王の霊

2013年11月22日　第1刷発行

著　者　大槻 武治

発行者　木戸 ひろし

発行所　ほおずき書籍株式会社

〒381-0012　長野県長野市柳原2133-5

☎026-244-0235

www.hoozuki.co.jp

発売所　株式会社星雲社

〒112-0012　東京都文京区大塚3-21-10

☎03-3947-1021

ISBN978-4-434-18535-9　NDC913